HISTOIRE

D'AGATHON.

TOME III.

HISTOIRE D'AGATHON,

TRADUCTION

NOUVELLE ET COMPLÈTE,

FAITE sur la dernière édition des Œuvres de
M. Wieland, par l'auteur de Pietro d'Alby
et Gianetta.

Quid virtus et quid sapientia possit,
utile proposuit nobis exemplum.

TOME TROISIÈME.

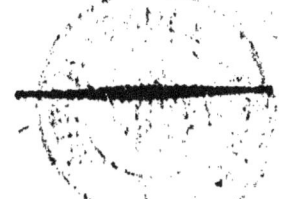

DE L'IMPRIMERIE DE GUILLEMINET.

A PARIS,

Chez MARADAN, libraire, rue Pavée Saint-
André-des-Arcs, nº 16.

AN X—1802.

AGATHON.

LIVRE XII.

Administration d'Agathon. Ses fautes contre
la politique, contre les usages reçus dans
le monde et à la cour. Sa disgrace.

CHAPITRE PREMIER.

Conduite d'Agathon à la cour de Denys.

Le premier soin de notre héros, après
s'être engagé à jouer le rôle de conseiller et de confident à la cour de Denys,
fut de déterminer d'avance la conduite
qu'il voulait tenir, et, dans le cas où ses
projets ne réussiraient pas, de se reposer sur la consolante idée d'avoir fait tout
ce qu'il était possible de faire pour en
assurer le succès. Il vit combien il était
difficile de se former un plan propre à

lui servir de guide dans le labyrinthe de
la cour et des affaires publiques. Mais
il crut que le plus faible vaudrait mieux
que de n'en point avoir. L'habitude de
réduire toutes ses idées en système lui
était devenue si naturelle, qu'elles se
classaient d'elles-mêmes dans la tête d'un
homme qui n'avait peut-être d'autre défaut que de penser trop bien de ceux
auxquels il avait affaire. Cependant il
n'avait plus, comme autrefois, une idée
aussi avantageuse de la nature humaine,
ou plutôt son expérience lui avait trop
bien appris à connaître l'extrême différence qui existe entre l'homme métaphysique, tel qu'on se le représente dans
une solitude spéculative, le sauvage qui
sort des mains de la nature, et l'homme
policé, formé par la société, les lois, les
usages, les mœurs, les besoins et la dé-
pendance mutuelle : il n'ignorait pas que
les desirs de l'homme sont sans cesse
aux prises avec son impuissance, son
intérêt avec l'intérêt général ; d'où naît

le besoin de la dissimulation, et le dé-
guisement continuel de ses véritables
projets, et mille autres causes morales
ou physiques. Il savait trop bien à quoi
s'en tenir, pour fonder un plan sur des
idées métaphysiques. Ce n'était plus ce
jeune enthousiaste qui s'imaginait qu'il
était aussi facile d'exécuter un grand
dessein que de le former. Les Athéniens
l'avaient guéri pour toujours de l'opinion que la vertu n'a besoin que de ses
propres forces pour triompher de ses adversaires. Il avait appris qu'il ne faut pas
compter sur les autres, et, ce qui était
d'une bien plus grande importance, combien peu l'on doit compter sur soi-même.
Il avait vu qu'il faut céder aux circonstances ; que la résolution la plus parfaite devient souvent la plus mauvaise dans les cas
extraordinaires ; que le bien se fait len-
tement ; que rien, dans le monde moral comme dans le monde matériel, ne
se meut en ligne droite, et qu'on n'obtient
d'heureux résultats que par un grand

nombre de tours et de courbures : il savait enfin que la vie ressemble à la na-
vigation d'un vaisseau, où le pilote est
obligé de diriger sa course selon le ciel
et les vents, que des courans contraires
peuvent à chaque instant le détourner de
sa route, et qu'il s'agit de se diriger au
milieu de mille écueils, de façon à atteindre le but desiré promptement et
sans avaries.

Conséquemment à ces principes, dès
qu'il formait une entreprise, il prévoyait
le degré de bien qu'il espérait faire d'après
les circonstances, et l'état des choses; et
il arrêtait la conduite qu'il devait tenir
envers les individus auxquels il avait affaire, sans autre considération que de
subordonner les mesures qu'il jugeait
nécessaires, au caractère des personnes
qu'il croyait devoir servir ses projets, ou
leur être contraires.

La connaissance qu'il avait du caractère de Denys ne lui permettait plus de
penser à en faire le modèle des princes;

mais il espérait adoucir ses vices, et faire tourner les bonnes inclinations de ce prince, ou plutôt ses caprices, ses passions et ses faiblesses mêmes, à l'avantage et au bien-être général. Cette opinion paraissait si modeste, qu'il ne pouvait descendre plus bas, à moins de renoncer entièrement à l'espoir de réussir. Cependant le temps prouva qu'elle était encore trop avantageuse. Denys possédait effectivement des qualités dont on devait espérer beaucoup de bien ; mais malheureusement le nombre des mauvaises l'emportait tellement sur les bonnes, que les premières détruisaient tout ce que promettaient les secondes. De plus, lorsqu'on l'avait étudié pendant quelque temps, il se trouvait que ces qualités prétendues n'étaient que des vices qui, considérés d'un certain côté, pouvaient passer pour des vertus. Ces apparences éblouirent tellement Agathon, qu'il ne s'apperçut de l'impossibilité de changer un tel caractère, et par conséquent du peu de fondement de ses espérances, que lorsque cette découverte ne pouvait plus lui-être d'aucune utilité.

Selon lui, les plus grandes faiblesses du roi provenaient de son penchant à la mollesse et à la volupté. Agathon espérait se conduire de manière à lui rendre le travail et les affaires plus faciles, s'il pouvait parvenir à le tirer des désordres où il s'était laissé entraîner jusqu'alors. Les muses ennoblissent nos plaisirs et les rendent plus délicats; Agathon le savait, et, d'après ces principes qu'on ne saurait trop recommander, il comptait inspirer à Denys plus de goût pour les beaux arts, qu'il n'en avait témoigné jusqu'alors. Bientôt les palais du prince, ses jardins, ses maisons de plaisance, furent remplis de chefs-d'œuvres des peintres et des sculpteurs de la Grèce. Agathon attira à Syracuse des artistes célèbres dans tous les genres. Il fit construire un superbe Odéon [1], sur le modèle de celui

[1] Édifice public destiné à faire de la musique, aux jeux et à différens spectacles.

où Périclès dissipa les trésors publics de la Grèce. Le roi trouva tant de plaisir aux différens spectacles qu'on donnait presque tous les jours sur ce théâtre, sous l'inspection de son favori, que, selon sa louable coutume, on eût dit d'abord qu'il avait renoncé à tout autre plaisir. Cependant il était dominé par une passion dont l'empire suffisait pour détruire les bonnes intentions de son nouvel ami.

La danseuse Bacchidion se trouvait encore maîtresse du cœur du roi; mais il était facile de voir que l'amour qu'il avait eu pour elle avait beaucoup perdu de sa première ardeur. Il n'eût pas été difficile peut-être d'aider l'inconstance naturelle du prince, et d'avancer de quelques semaines la fin de cette aventure. Mais Agathon avait des motifs qui lui paraissaient assez importans pour faire durer cette intrigue. Malheureusement l'épouse du prince ne convenait, sous aucun rapport, pour retenir le roi dans les

bornes d'un amour conjugal : Denys ne
pouvait vivre sans amour, et l'empire
que ses maîtresses prenaient sur lui rendait son inconstance dangereuse.

Bacchidion était une de ces excellentes
créatures qui sont toujours gaies, toujours contentes, et dont l'imagination se
peint tout en beau. Tous ses soins se
bornaient à varier ses plaisirs : sans inquiétude sur l'avenir, l'ambition ou le
désir d'amasser des richesses avait aussi
peu de pouvoir sur son ame que si sa position n'eût jamais dû changer. Le plaisir
était son idole; elle y sacrifiait sans cesse ;
il semblait naître sous ses pas. Loin de
tirer vanité de la passion du prince, elle
employait le crédit qu'elle avait sur lui
à faire du bien à ceux qui le méritaient
comme à ceux qui ne le méritaient pas ;
et elle ne s'y décidait jamais que par une
espèce de mouvement mécanique en faveur des figures dont la gaieté lui plaisait
davantage. Agathon craignit qu'elle ne
fût remplacée par une autre qui serait

tentée de faire un usage plus dangereux
de son pouvoir. Il crut donc qu'il ne
serait pas indigne de lui d'entretenir l'a-
mour du roi, au lieu de le combattre,
mais de façon cependant qu'on ne pût
croire qu'il y donnait une attention particulière. Il procura à la favorite des occasions de faire briller sa gaieté et ses
talens avec une variété qui lui donnât toujours de nouveaux charmes. Ses mesures
furent prises de manière que Denys,
obligé de faire souvent de petites ab-
sences, n'en devenait que plus tendre à
son retour. Il poussa les choses au point
qu'un jour, où il était question des principes sévères de Platon sur cet article,
il ne fit aucune difficulté de dire : « qu'il
serait ridicule d'exiger qu'un prince, qui
s'acquitte avec zèle des devoirs difficiles
que le bonheur de son peuple lui impose,
se privât de toute espèce de plaisir, et
qu'on lui défendît d'en prendre avec modération. » — Tout ce qui lui échappa à
ce sujet, quoique exprimé d'une manière

générale, parut une approbation secrète
de la faiblesse du prince pour la belle
Bacchidion ; et tel était en effet son
dessein.

Nous craignons bien que ses bonnes intentions ne puissent justifier une opinion
aussi dangereuse. Quoi qu'il en soit, Denys, qui s'était efforcé jusqu'alors de cacher
cette intrigue à Agathon, dont il redoutait la sévérité, ne prit plus la peine de
se contraindre ; et, cédant à ce préjugé,
peut-être injuste, mais très-commun, que
la vertu est toujours l'ennemie déclarée des
plaisirs, il commença à soupçonner que
notre héros pouvait bien n'être pas meilleur que lui, ni que le reste des hommes.
A la vérité, la conduite d'Agathon fit
bientôt disparaître ces doutes, mais sans
les détruire entièrement : ils favorisèrent
dans la suite les accusations de ses ennemis, qui s'en servirent pour affaiblir son
influence auprès d'un prince toujours
disposé à regarder la vertu comme un
effet du fanatisme ou de l'hypocrisie.

Cependant l'indulgence d'Agathon pour
la passion du roi lui donna dans ce moment tant de pouvoir sur son esprit,
que Denys n'eut pas de peine à se laisser
persuader de prendre aux affaires du
gouvernement une part plus active qu'il
ne l'avait jamais fait : en fallait-il davantage à notre héros pour le dédommager
amplement du blâme que sa complaisance lui avait attiré de la part de certains rigoristes, qui, éloignés du monde
dans lequel il vivait, avaient l'injustice
de lui reprocher une conduite qu'ils n'auraient pas eu l'adresse de tenir s'ils avaient
été à sa place.

CHAPITRE II.

Renseignemens secrets sur Philistus. Agathon s'attire l'inimitié de Timocrate en rendant un service important à Denys et à la Sicile.

APRÈS la belle Bacchidion, le crédit dont Philistus jouissait auprès de Denys le rendait le plus considérable de tous ceux avec qui Agathon avait le plus ou le moins de rapport. Cet homme joue dans cette partie de notre histoire un rôle qui doit inspirer le desir de le connaître plus particulièrement. Né dans l'esclavage, et affranchi dans la suite par Denys l'ancien, il s'était toujours distingué de ses camarades par une duplicité et une souplesse qui ne lui valurent pas d'abord la faveur particulière de son maître. Philistus, mécontent de l'injustice de la fortune, ne tarda pas à la forcer de lui être favorable : d'heureux prédécesseurs lui

avaient frayé un chemin par lequel on
pouvait arriver, sans mérite et sans peine, à une élévation où cette ame ambitieuse et vile brûlait de parvenir. Nous
avons vu que le jeune Denys avait été
élevé par son père avec une dureté peu
commune : Philistus fut le seul qui eût
assez d'esprit pour sentir le parti qu'il
pouvait tirer de cette circonstance. Il
trouva le moyen de rendre les nuits du
jeune prince plus agréables que ses jours :
en fallait-il davantage pour que ce jeune
homme, sans discernement, sans principes et sans éducation, le regardât comme
un bienfaiteur dont il croyait ne pouvoir
récompenser assez les services? Philistus
n'en resta pas là : un breuvage, dont il
avait la recette, procura au vieux tyran
une colique violente qui abrégea ses jours.
Philistus fut le premier qui en porta la
nouvelle à son jeune maître. Il se vit
tout-à-coup dans son intime confiance,
et il obtint bientôt la première place de
l'état.

Cette esquisse suffit pour donner une
idée de la moralité de ce digne ministre,
qui pourra commettre maintenant les
actions les plus honteuses, sans que personne en soit étonné. Mais quel physio-
nomiste eût été assez habile pour lire tout
cela dans ses yeux ? Il est bien vrai qu'A-
gathon n'eut pas d'abord une idée bien
avantageuse de son caractère ; mais, à
moins d'être Philistus, comment pouvait-il se le représenter tel qu'il était ?
Peu de gens savaient les crimes de cet
homme ; et ceux qui les connaissaient
étaient trop bons courtisans pour trahir
un homme puissant avant que sa disgrace
fût assurée, ou qu'ils pussent compter
avec certitude sur un avantage réel. Aristippe, qui devait avoir pénétré le caractère de ce ministre, était décidé à ne
jouer dans tout ceci que le rôle d'un simple spectateur. Agathon était d'autant plus
facile à tromper, que Philistus dissimulait avec beaucoup d'art, et qu'il faisait
tous ses efforts pour obtenir son estime.

Ce ne fut pas sans dépit que ce rusé cour-
tisan, malgré la connaissance parfaite
qu'il croyait avoir des hommes, ne put
trouver le côté faible de notre héros. Il
ne lui resta donc qu'un moyen : c'était
de se rendre utile au nouveau favori par
un travail assidu et par une grande exactitude dans les affaires, et d'acquérir la
considération d'un honnête homme, en
affectant des vertus qu'il prenait aussi
facilement qu'un habit de bal. Ces qualités qu'Agathon crut trouver en lui,
et l'attachement que Denys avait pour
cet ancien ami, firent naître la considération qu'il serait dangereux de renvoyer
un ministre ambitieux et puissant, et
qu'il valait mieux le tenir dans des bornes
étroites, en lui témoignant ostensible-
ment de la confiance. Ainsi donc ceux
qui avaient regardé la chûte de Philistus
comme une suite nécessaire de l'élévation d'Agathon furent trompés dans leur
attente. Son influence augmentait chaque
jour; mais il se trouvait, pour ainsi dire,

dans l'impossibilité de faire le mal, en
supposant qu'il eût voulu le faire ; car
trop d'yeux l'observaient. Il fallait rendre
compte de tout, et rien ne pouvait se décider sans le consentement du prince,
sans celui de son représentant ; ce qui fut
long-temps la même chose.

Il ne tiendrait qu'à nous de rapporter
beaucoup de belles choses de l'adminis-
tion d'Agathon, si nous voulions entrer
dans le détail des réglemens sages qu'il
fit ou qu'il projeta dans la partie de l'économie politique, la recette et la direction
des revenus publics, la police, le commerce, et, ce qui était d'un bien plus
grand prix à ses yeux, de ceux qu'il éta-
blit pour la morale publique et pour l'éducation de la jeunesse ; mais, outre que
ceci nous mènerait trop loin, nous n'oublierons pas que le secret d'ennuyer est
celui de tout dire.

Cependant nous ne pouvons nous résoudre à passer sous silence une circonstance qui influa dans la suite, d'une ma-

nière remarquable, sur le sort de notre
héros. Lorsqu'Agathon arriva à la cour.,
Denys se trouvait engagé dans une guerre
avec les Carthaginois, qui, soutenus par
diverses petites républiques du sud et de
l'ouest de la Sicile, voulaient, sous prétexte de maintenir la liberté de Syracuse,
entretenir la division parmi les Siciliens.
Ils espéraient que cette division leur four-
nirait une occasion favorable de s'emparer de cette île, dont la conquête convenait si bien à leur commerce et à leurs
vues ambitieuses. Plusieurs de ces républiques étaient gouvernées par de petits
tyrans; et, pour se soustraire à leur domination, elles s'étaient jetées dans le
parti de Carthage. Les autres se mainte-
naient plus ou moins dans une espèce
de liberté, et étaient partagées entre la
crainte de tomber sous le pouvoir de
Denys, et la méfiance que leur inspiraient
les projets de leurs prétendus protecteurs.
Cependant la balance menaçait à chaque
instant de pencher en faveur des derniers,

Timocrate, auquel Denys avait confié le commandement des troupes, s'était acquis, par quelques avantages insignifians, la gloire si souvent usurpée d'un bon général. Plus jaloux d'amasser des richesses et de conquérir des lauriers que du véritable intérêt de sa patrie, il avait augmenté la division qui régnait en Sicile bien plus qu'il ne l'avait appaisée, et s'était rendu si odieux à ceux qui n'avaient encore pris aucun parti, qu'ils étaient au moment de se déclarer en faveur de Carthage.

Agathon crut que son éloquence serait plus utile en cette occasion que les armées et les flottes assez considérables que Timocrate avait sous ses ordres. Il pensa qu'il valait mieux pacifier la Sicile que de la conquérir; et l'engager à se soumettre volontairement à Syracuse, que de l'exposer aux hasards d'une guerre qui, quelque avantageuse qu'elle pût être pour Denys, ne lui procurerait jamais que le douteux avantage d'augmenter ses

sujets d'un nombre de mécontens, sur
lesquels il ne pourrait jamais compter.
Denys ne put refuser son consentement
aux motifs sur lesquels Agathon fondait
ses espérances : peu lui importait par
quel moyen il parviendrait à la possession tranquille et assurée de toute la Sicile; et, quoiqu'il fût assez faible pour se
glorifier des petits succès de ses généraux
autant que s'il les avait obtenus lui-même,
il était assez lâche pour se contenter d'une
paix peu glorieuse, lorsqu'il pensait à l'inconstance de la fortune et à l'incertitude
du sort des armes.

Ainsi notre héros n'eut pas de peine
à lui faire approuver son généreux dessein, ou, pour parler avec plus d'exactitude, il attribua la bonne volonté du
prince à l'impression que ses représenta-
tions avaient faite sur lui, sans se douter
que la bassesse de Denys en était le véritable motif.

Comme il était important que Timocrate ne fût point informé de ce projet,

Agathon se rendit secrètement dans les
villes qui étaient au moment de se déclarer pour Carthage. Il parvint à détruire
les impressions défavorables que la tyrannie de Denys avait fait naître dans tous
les cœurs. Il leur démontra si bien que
l'intérêt de chacun était inséparable de
l'intérêt général de toute la Sicile ; il leur
fit un tableau si touchant du bonheur
dont cette île jouirait si toutes ses parties
s'unissaient, par des liens indissolubles,
à Syracuse, où tout devait aboutir comme
à un centre commun, qu'il obtint plus
qu'il ne demandait et qu'il n'aurait osé
l'espérer. Il ne voulait que des alliés, et
peu s'en fallut que, dans un excès d'a-
mour et d'enthousiasme, ils ne se fussent
soumis sans condition au pouvoir d'un
roi dont le ministre les avait enchantés.

La tournure que cette heureuse négo-
ciation fit prendre aux affaires mit fin
si promptement à la guerre, que Timocrate ne trouva pas l'occasion de livrer
une bataille dont, quelle qu'eût été l'is-

sue, il n'aurait pas manqué de s'attribuer tout l'honneur. On imagine bien
qu'Agathon ne s'attira pas, par cette conduite, l'amitié d'un homme que sa fortune et son alliance avec Denys rendaient
très-puissant. Timocrate vit avec dépit
l'alégresse générale, et les témoignages
d'affection que les peuples témoignèrent
à Agathon à son retour à Syracuse, l'ac-
cueil distingué que lui fit le roi, l'extrême considération et le crédit que lui
assura cette paisible conquête. Forcé de
renfermer son mécontentement et sa
haine envers un rival puissant, il attendit
avec impatience l'occasion de travailler
en secret à le perdre; et comment pouvait-il en manquer à la cour, et sur-tout
dans celle d'un prince tel que Denys!

CHAPITRE III.

Où l'on prouve que tout ce qui reluit n'est pas or.

Si dans le cours d'une administration, qui dura à peine deux ans, Agathon mérita l'entière confiance de son prince, et l'amour du peuple qu'il gouvernait ; s'il s'éleva ainsi à ce haut degré de considération et de félicité apparentes qui attirent à celui qui en est l'objet l'admiration des petits et l'envie des méchans, il faut convenir que ce pouvoir indéfinissable et mobile, qu'on appelle fortune ou hasard, n'y contribua que très-faiblement. Les services qu'il rendit en si peu de temps au roi et à la nation, la pacification et la tranquillité de la Sicile, la grandeur assurée de Syracuse, l'embellissement de cette capitale, la perfection de la police, l'activité de son commerce, la restauration des beaux arts et la confiance générale qu'il inspira pour un gouver-

nement naguère détesté, étaient des témoignages irrécusables de la sagesse de
son gouvernement. Tant de services importans, placés par le désintéressement
et la modestie d'Agathon dans un jour
qui ne permettait pas de fausses interpré-
tations, ne laissèrent d'espoir à ses ennemis secrets que d'attendre une circonstance favorable pour préparer sa disgrace.

Mais comment un homme dont la
conduite est irréprochable, et qui veut le
bonheur de tous, peut-il avoir des ennemis? C'est ainsi peut-être que penseront
ceux qui semblent oublier, dans cette oc-
sion, que l'homme sage a contre lui tous
les fous, et l'homme honnête tous ceux
qui ne le sont pas. Cette vérité est si bien
dans la nature des choses, et tellement
confirmée par une longue suite d'expériences, qu'on aurait plus de droit de demander : *Comment un homme qui se*
conduit ainsi n'a-t-il point d'enne-
mis ? Il était impossible que celui dont

les efforts tendaient constamment à rendre son prince vertueux, ou du moins à neutraliser ses vices, ne s'attirât pas la haine des courtisans, qui, selon Montesquieu, ne craignent rien tant que la vertu du prince, et dont les espérances ne sont jamais mieux fondées que sur ses faiblesses. Ne devaient-ils pas regarder Agathon comme un homme qui s'opposait continuellement à leurs desseins? Il voulait que l'on eût du mérite pour avoir droit aux récompenses; eux connaissaient un chemin plus court et plus commode, un chemin par lequel les gens sans talens ont fait fortune dans tous les temps: (excepté peut-être sous le règne d'un Antonin) ils sentaient qu'il n'y avait plus de ressource pour eux tant que cet homme serait à la tête des affaires; ils devaient donc le hair, et l'on doit être sûr qu'il existait une conjuration dans tous les cœurs, avant même qu'ils fussent convenus d'en former une.

Rien de tout cela ne paraissait au-dehors. Le masque qu'ils avaient jugé à propos de prendre paraissait si naturel, qu'Agathon en fut la dupe, et qu'il se conduisit envers Philistus, Timocrate, et leurs créatures, comme si l'amitié qu'ils lui témoignaient, et les éloges qu'ils lui donnaient, avaient été sincères.

Ils avaient bien de l'avantage sur Agathon : comme il ne se méfiait pas d'eux, il ne pensait pas à les observer ; eux, convaincus de leur méchanceté, mettaient encore plus de soin à épaissir le voile qui couvrait leurs véritables desseins. Persuadés qu'un homme a toujours quelque faiblesse, ils se donnèrent toutes les peines imaginables pour découvrir les siennes, et le mirent, sans qu'il s'en doutât, à toutes sortes d'épreuves. Voyant qu'il était insensible aux tentations auxquelles ils avoient coutume de succomber, il ne leur resta plus d'autre moyen que de lui fasciner les yeux par la fumée de l'encens qu'ils lui prodiguaient, et qui lui semblait d'autant plus agréable, qu'il la recevait comme le tribut sincère de l'amitié et de la reconnaissance. Ce projet réussit parfaitement; et l'on conviendra que c'était déjà un grand avantage qu'ils obtenaient sur lui.

Cependant nous ne pouvons nous empêcher de convenir, dût cet aveu n'être pas favorable à notre héros, qu'au moment où son crédit paraissait au plus haut degré, où Denys ne mettait plus de bornes à sa confiance, où la Sicile entière le regardait comme un dieu, et où il paraissait jouir du bonheur inappréciable de n'avoir que des admirateurs et pas un ennemi, les dames de Syracuse étaient les seules qui laissassent remarquer qu'elles n'avaient pas une idée bien avantageuse de son mérite. Il était assez naturel qu'avec une figure comme la sienne, doué comme il l'était de tous les talens propres à captiver les cœurs, il attirât sur lui l'attention des belles. Les dames de Syracuse avaient d'aussi bons yeux que celles de Smirne; leurs cœurs étaient aussi

sensibles, ou du moins elles remplaçaient
cette sensibilité par une espèce de sentiment qu'on confond souvent avec elle.

Celles qui ne possédaient rien de tout
cela, avaient assez de vivacité pour être
piquées de l'inconcevable insensibilité
d'un homme dont la conquête aurait fait
le plus grand honneur à celle qui l'aurait
attaché à son char. Le favori d'un monarque est toujours un Adonis aux yeux
de la plupart des femmes ; combien ne
devaient-elles pas desirer de toucher un
Adonis, qui de plus était le favori du monarque, et qui même, à l'exception du
titre et du diadême, était aussi puissant
que le roi lui-même !

L'adresse des Siciliennes est assez connue pour croire qu'elles n'avaient négligé
aucun moyen de laisser à la froideur d'A-
gathon une excuse raisonnable et décente.
En effet, comment l'excuser ?....... nous
savons qu'un homme, chargé du fardeau
d'un état, n'a pas le loisir d'un jeune dé-
sœuvré, qui n'est occupé que de sa toi-

lette, de se montrer dans les lieux publics,
et de faire sa cour à toutes les femmes;
mais, quelque occupé qu'on soit, il reste
toujours des momens pour les plaisirs.
L'influence d'Agathon dans les affaires,
la facilité qu'il avait pour le travail, semblaient lui donner si peu d'occupation;
il conservait toujours tant de liberté d'esprit, tant de gaieté et de disposition pour
les divertissemens de la société que Denys rassemblait chaque jour, qu'il était
impossible d'attribuer cette conduite extraordinaire aux soins de l'administration.
Il fallait donc avoir recours à d'autres
hypothèses. D'abord chacune soupçonna
sa voisine d'en être la cause : et, tant que
ce soupçon dura, rien n'était plus plaisant
que de voir la manière dont ces dames
s'observaient, les découvertes qu'elles
croyaient avoir faites, lorsque Agathon
adressait la parole à l'une de préférence
à l'autre; découvertes que de nouvelles
faisaient disparaître un moment après.
Enfin, il se trouva qu'elles s'étaient trai-

tées avec la même injustice. Agathon
était également poli pour toutes, et n'en
aimait aucune. — On ne pouvait se résoudre à croire que l'objet de son amour
fût absent : quelle raison l'obligeait à le
tenir éloigné ? Les conjectures qui leur
restaient à faire n'étaient rien moins qu'ho-
norables pour notre héros, et nullement
de nature à affaiblir le juste regret que
devait inspirer un phénomène aussi
odieux qu'extraordinaire.

Ceux qui n'auront point encore oublié
la conduite d'Agathon à Smirne auront
peine à se défendre d'une idée qu'il était
impossible que les dames de Syracuse
pussent avoir : c'est qu'elles n'avaient
peut-être pas des attraits assez puissans
pour faire impression sur un cœur qui
avait été épris de Danaé. Ils croiront
qu'Agathon ne trouvait rien qui pût lui
être comparé. Mais, si nous ajoutons foi
aux renseignemens que donne cette histoire, Syracuse avait des beautés qui auraient pu servir de modèle à Polyclète

aussi bien que Danaé. Elles possédaient,
de plus, tout ce qui fait valoir les graces
de la figure : les unes avaient de l'esprit,
les autres de la langueur, de la sensibilité;
celles-ci une noble confiance qui conduit
plus vite au dénouement que les charmes
les plus parfaits ; celles-là une feinte modestie, qui semble annoncer qu'on se
méconnaît soi-même, et qu'on se méfie
de son pouvoir. Cette prévention n'était
donc pas fondée. — Serait-ce qu'Agathon employait le secret de Socrate, et
que, selon l'usage de ces temps, il aurait
trouvé quelque Cypassis, pour se donner
aux yeux du monde l'apparence d'un
Zénocrate ? — Pas davantage; du moins
notre manuscrit n'en fait pas mention.
Ainsi donc, sans laisser le lecteur se
perdre dans des conjectures inutiles,
nous avouerons que la froideur de notre
héros était si simple et si naturelle, que
tout étonnement cessera lorsque nous en
aurons rendu compte.

Le marchand qui avait conduit notre

héros à Syracuse était du nombre de ceux
auxquels il avait donné autrefois à Athènes le portrait de sa Psyché, afin de parcourir avec plus de succès tous les lieux
où il la faisait chercher. Agathon ne se
rappela cette circonstance qu'en voyant
ce portrait dans le cabinet de son ami.
Les sensations qu'il éprouva dans ce moment furent aussi vives que s'il avait vu
Psyché. Le souvenir de son premier
amour se ranima avec tant de force,
que, malgré le peu d'espoir de la retrouver un jour, il se fortifia dans la pensée
de lui rester à jamais fidèle. Les dames
de Syracuse avaient donc une rivale;
mais comment pouvaient-elles deviner
que ces tendres soupirs, dont chacune
aurait voulu être l'objet, étaient adressés,
dans le silence des nuits, à une misérable
peinture?

CHAPITRE IV.

Cléonisse.

De toutes celles qui se trouvaient of-
fensées de l'insensibilité d'Agathon, aucune, sans doute, ne pouvait le disputer
à la belle Cléonisse. Une beauté régu-
lière et parfaite est, avec la permission
de ceux qui lui préfèrent la grace, de
toutes les qualités que possède une femme, celle qui fait l'impression la plus
vive, la plus forte et la plus générale. Elle
a, pour une personne honnête, l'inesti-
mable avantage que le desir de plaire à
celle qui réunit des dons si précieux est
retenu dans de justes bornes par un respect involontaire dont le plus audacieux
satyre a peine à se défendre. Cléonisse
possédait ce genre de beauté à un degré
qui ne laissait rien à desirer au plus fin
connaisseur. Il était impossible de la voir
sans admiration; mais son air de modestie et de dignité, son port, sa figure,

la majesté de ses regards et la réputation
de vertu dont elle jouissait, augmentaient
tellement l'effet naturel de sa beauté,
que personne n'osait courir le danger
d'être la victime de cette nouvelle Junon.

Une naissance commune, autant que
l'état et la surveillance inquiète de son
mari, l'avait tenue, pendant sa première
jeunesse, dans un si grand éloignement
du monde, que ce fut un objet tout-à-
fait nouveau lorsque Philistus, qui l'avait
déterrée, et qui avait fini, *on ne sait
trop comment*, par la rendre veuve, la
présenta, en qualité d'épouse, à la cour
des princesses : on comprenait sous ce
titre la mère, la femme et les sœurs de
Denys. Aussi peu disposé que son prédé-
cesseur à partager avec un autre un trésor
de cette espèce, Philistus n'avait négligé
aucune précaution pour le préserver de
toute atteinte ; mais la vertu de la dame,
et le goût prononcé de Denys pour cette
espèce de beautés faciles qui sont trop
charitables pour faire languir, peut-être

2*

aussi une certaine tiédeur que la possession assurée de tant de perfections fait
naître au bout de quelque temps, avaient
tellement calmé sa jalousie, que bientôt
Philistus ne fit plus de difficulté de la
laisser dans la société des princesses.
Nous n'examinerons pas si Cléonisse
méritait en effet la réputation de vertu
que lui avait acquise sa pruderie envers
les femmes. Il suffit de savoir que les
princesses, et même son mari, en paraissaient convaincus, et que personne n'aurait osé mettre à l'épreuve une vertu
aussi respectable.

Lors de la faveur de Platon auprès
du roi, Cléonisse avait été du nombre
des admirateurs les plus zélés de ce
sage ; c'était celle qui apprit la première
à parler longuement du système élevé de
sa métaphysique. Faut-il attribuer cet
empressement au désir de se distinguer
par son esprit autant que par sa figure, ou
à tout autre motif ? C'est ce que nous ne
savons pas nous-mêmes. Quoi qu'il en

soit, elle cherchait les occasions d'entendre le divin Platon avec un empressement
qui annonçait l'estime qu'elle avait exclusivement pour sa personne, et sa confiance sans bornes dans les idées du philosophe sur la beauté, sur l'amour, sur toutes
les parties de son système : enfin, elle était
devenue en très - peu de temps *plato-
nicienne dans toute l'acception du
mot.* N'était-il pas naturel que le philosophe fût fier d'une pareille élève ? Il la
regardait avec les yeux d'un artiste qui
s'admire dans son ouvrage : Cléonisse assurait le triomphe de sa philosophie.

Il est bien vrai que, s'il avait su lire
quelquefois dans ses beaux yeux, il aurait
appris, sans une longue suite de conclusions, qu'il ne serait pas impossible d'humaniser cette déesse ; mais le bon homme
Platon, qui avait plus de soixante ans,
ne faisait plus d'observations de cette
espèce. Cléonisse passa donc pour une
preuve incontestable de ce principe platonique : *que la beauté du corps n'est*

que le reflet de la beauté de l'ame.
L'idée qu'on avait de sa vertu balança
l'impression que faisaient ses charmes;
et elle eut le plaisir de voir qu'on attribuait à la sagesse de sa conduite l'indifférence que Denys lui témoignait, et de
s'en faire un nouveau mérite auprès des
princesses.

Mais — qu'il est aisé d'appliquer à la
vertu ce principe de Solon : *Que personne ne doit passer pour heureux avant sa mort!* — Cléonisse vit
Agathon, et cessa d'être Cléonisse. —
Mais non; ce n'est pas là l'expression véritable, quoiqu'elle semble tirée du dic-
tionnaire de Platon; elle prouve, pour
parler avec plus d'exactitude, que les
princesses, la cour, Philistus, et le monde
entier, sans en excepter le divin Platon,
s'étaient grossièrement trompés en prenant la belle Cléonisse pour ce qu'elle
n'était pas, tandis qu'elle devait paraître
ce qu'elle était en effet à un observateur
tel qu'Aristippe.

L'étonnement que pourrait inspirer une découverte aussi naturelle serait, à notre avis, une grande faute commise contre ce grand précepte: *Nil admirari*, qui, selon l'opinion des gens expérimentés, renferme dans un sens caché le véritable secret des philosophes adeptes. La belle Cléonisse était femme ; elle partageait les faiblesses communes à son sexe, faiblesses sans lesquelles cette belle moitié de l'espèce humaine ne serait pas propre à la destination qu'elle doit remplir dans ce monde sublunaire, ni aussi aimable qu'elle l'est en en effet. Combien peu la vertu de ce sexe serait méritoire , si elle n'était purifiée , fortifiée, et mise à l'épreuve par ces mêmes faiblesses !

Quoi qu'il en soit, Cléonisse sentit, en voyant notre héros, quelque chose qui aurait alarmé la vertu d'une femme ordinaire; mais il est des vertus d'un tempérament si robuste, que rien n'est capable de les effrayer. La sienne était de cette trempe ; elle s'abandonna involon-

tairement au plaisir qu'elle trouvait à le
voir, avec une intrépidité qui annonce
la conviction de sa force. Le mérite et
la beauté d'Agathon justifiaient l'extrême
considération qu'elle lui témoignait. Les
grandes ames savent bien mieux se rendre justice que les autres; leur amour-propre s'y trouve tellement intéressé, qu'elles
peuvent pousser très - loin la partialité,
sans faire soupçonner qu'elles aient des
desseins secrets. Cléonisse était trop élevée pour que le moindre soupçon pût
l'atteindre. Elle pouvait se flatter, sans
trop de vanité, qu'elle ferait naître dans
l'ame de notre héros une admiration semblable au moins à celle qu'il lui avait inspirée. Son attente fut trompée...... Cette
erreur fit naître un étonnement mêlé d'a-
mertume. Son orgueil offensé exigeait
une satisfaction complète; on ne pouvait
en trouver de meilleure qu'en témoignant
à Agathon la plus parfaite indifférence.
En supposant qu'elle en eût toujours mon-
tré, ne devait - elle pas raisonnablement

attendre qu'un connaisseur tel que lui
sentirait la valeur d'une Cléonisse, et
qu'il saurait la distinguer des autres femmes, qui n'avaient le droit de briller
qu'en son absence ? Quel devoit être son
dépit, en songeant qu'elle avait volé au-
devant d'Agathon avec ce noble enthousiasme, inconnu aux ames vulgaires, et
qu'elle n'avait voulu différer à lui donner
des preuves de cet attachement qu'elle
croyait fondé sur la sympathie, que lorsqu'elle ne pourrait plus douter du sien !

Comme il ne dépendait plus que de
son amour-propre de calculer la grandeur de l'offense d'après le sentiment de
sa propre valeur, la vengeance qu'elle
avait projetée contre notre héros était
bien la plus cruelle que puisse former le
cœur d'une belle offensée. Elle voulait employer le pouvoir de son esprit et de ses
charmes, soutenu par ce genre de coquetterie, dont un génie aussi universel
que le sien devait posséder au moins la
théorie, pour forcer l'ingrat de tomber à

ses pieds ; et , lorsqu'après l'avoir tenu
long-temps dans une alternative continuelle de craintes et d'espérances , elle
le verrait dans le misérable état d'un Céladon consumé d'amour et de desir , et
qu'elle pourrait repaître ses yeux du spectacle de ses larmes , de ses soupirs , de
ses plaintes, et de toutes les extravagan-
ces qu'un amour malheureux fait commettre , elle comptait alors l'accabler du
poids de son mépris et de son indifférence.

Rien de mieux imaginé que cette vengeance : elle travailla avec beaucoup d'art
à en presser l'exécution, et, si la réus-
site d'un projet dépendait de la façon dont
il est conduit, rien n'eût empêché Cléonisse d'obtenir le triomphe le plus complet qu'on ait jamais remporté sur un
cœur fier et récalcitrant.

Mais Cléonisse se serait-elle conduite
avec tant de cruauté, dans le cas où Agathon aurait donné dans le piége ? C'est
une question dont la décision ne lui aurait

pas causé un médiocre embarras, en supposant que son projet eût réussi. Agathon lui en évita la peine; il prouva de nouveau que la seule Danaé pouvait lui faire commettre une faiblesse.

Cléonisse avait déjà épuisé la moitié de ses agaceries, avant qu'il se fût apperçu qu'elle avait des desseins sur lui. Aussitôt qu'il l'eût remarqué, sa froideur augmenta en proportion des efforts de la belle; ou, pour mieux dire, le contraste frappant de sa conduite avec l'élévation prétendue de ses pensées et la majesté de sa vertu, fit sur lui un si mauvais effet, que Cléonisse se vit enfin obligée de renoncer entièrement aux trophées qu'elle avait voulu élever à sa vanité.

Le chagrin qu'elle en conçut se changea bientôt en haine; mais elle cacha si bien les nouveaux mouvemens de son cœur, que la cour et Agathon ne soupçonnèrent pas l'impatience avec laquelle elle attendait l'occasion de lui en faire sentir les effets.

CHAPITRE V.

Une comédie de cour.

Les choses étaient dans cet état, lorsque Denys, fatigué de la paisible possession de la complaisante Bacchidion, ainsi que de sa danse, s'avisa, pour la première fois, de remarquer que Cléonisse était belle. A peine l'eut-il considérée avec un peu d'attention, qu'il crut n'avoir jamais rien vu de plus parfait. Il s'étonna de n'avoir pas fait plus tôt cette remarque. Enfin, il se rappela que la dame s'était toujours distinguée par une vertu très-prude, et par un goût déclaré pour la métaphysique. Il ne douta plus que cette circonstance ne l'eût empêché de rendre plus tôt justice à ses charmes. L'indolence naturelle de ce prince, la réputation de la belle et la crainte des difficultés, ne lui auraient permis de jouer auprès d'elle que le rôle d'un simple admirateur, si une de ces petites causes, qui produisent

souvent de grands événemens, n'avait fait
prendre tout à coup à son indolence le caractère de la passion la plus impétueuse.
Comme cette anecdote est toujours restée secrète, nous ne pouvons assurer si
elle ressemblait au moyen dont la sœur
du célèbre Marlborough [1] s'est servie pour
fonder la brillante fortune de sa famille.

Quoi qu'il en soit, il est certain que,
de ce moment, la passion et les projets
du roi prirent un essor qui mit la belle
Cléonisse dans l'embarras de savoir comment concilier ce qu'elle devait à sa réputation avec les ménagemens qu'il fallait
garder avec son prince. Denys était si
pressant, si imprudent! elle avait été si
sévère envers les autres femmes; elle était
observée par tant de rivales, toujours
disposées à divulguer ses moindres démarches!.... D'ailleurs que de soins, que
de précautions à prendre! D'un côté, un
prince brûlant d'amour, impatient de dé-

---

[1] Voyez Hamilton, *Mémoires du comte
de Grammont.*

poser à ses pieds un pouvoir sans bornes, en reconnaissance de quelques faveurs ; de l'autre, l'éclat brillant d'une
vertu sans tache, la confiance des princesses, l'estime de son époux !..... Mille
autres auraient été embarrassées ; mais,
quoique ce fût la première fois que Cléonisse se trouvât dans une situation de
cette nature, elle se tira si bien d'affaire,
que tout le plan de sa conduite lui coûta
à peine une légère insomnie. Elle vit du
premier coup-d'œil l'avantage qu'elle pouvait tirer dans ce moment de l'opinion
qu'on avait de sa vertu. Le même moyen
qui lui avait servi à établir sa réputation,
ainsi qu'à gagner l'amitié des princesses,
était sans contredit le plus propre à retenir l'inconstant Denys dans ses chaînes, en
lui laissant toujours l'espoir de récompenser son amour. Elle opposa à ses déclara-
tions, à ses sermens, à ses promesses, à
ses prières, à ses menaces, (car il n'était
ni assez adroit ni assez délicat pour employer d'autres moyens) une résistance

dont l'opiniâtreté aurait fini par le dégoûter, si la compassion de la belle ne
l'avait engagé en même temps à adoucir
les tourmens de ce nouveau Céladon par
de petits palliatifs, qu'on pouvait regarder en effet comme des faveurs, sans que
sa vertu parût perdre de sa dignité auprès d'un amant comme Denys. L'extrême sensibilité du cœur de Cléonisse,
la violence qu'elle était obligée de se faire
pour résister à un prince aussi aimable,
l'aveu tacite de sa faiblesse qui, au moment où elle opposait la plus vigoureuse
résistance, laissait échapper un soupir de
son sein. — O vertueuse Cléonisse!
que vous étiez une excellente comédienne!
et quel homme eût été assez dupe, si,
après toutes ces apparences, il avait renoncé à l'espoir de vous posséder!

Cependant, malgré la prudence et la
circonspection de Cléonisse, la passion
du prince et la vertu invincible de sa
déesse étaient des secrets que l'on savait
à la cour, quoique chacun se donnât bien

de garde de laisser voir qu'il en fût informé. Elle avait poussé la prévoyance
au point de confier aux sœurs du roi
l'amour qu'il avait pour elle, avant qu'elles pussent en être instruites par un
autre; elles en avaient fait part à la femme de Denys, et celle-ci à-sa mère. Les
princesses qui avaient toujours gémi des
désordres du roi, et qui détestaient la
pauvre danseuse, furent enchantées que
l'amour du prince tombât enfin sur un
objet vertueux. L'admirable sagesse de
Cléonisse leur fit espérer qu'elle réussirait
à changer le caractère du roi. Elle leur
rendait un compte fidèle de ce qui se
passait entre elle et son amant, ou du
moins de tout ce qu'il était nécessaire,
que les princesses dussent savoir. On convint dans le cabinet de la reine de la conduite que Cléonisse devait tenir avec lui;
et cette pauvre princesse, qui avait le
malheur de sentir l'indifférence de son
mari beaucoup plus qu'il ne le fallait pour
son repos, se donna une peine infinie

pour faire réussir les projets de la vertueuse Cléonisse.

Tout cela formait une intrigue qui mit la cour en mouvement. Philistus, qui avait intérêt d'être plus attentif que les autres, fut le seul qui ne s'apperçut pas de ce que tout le monde voyait, ou du moins il montra une tranquillité si parfaite, que, si l'on n'avait pas su d'avance à quel point il pouvait compter sur la vertu de sa femme, on aurait été tenté de croire qu'il avait des projets qui completteraient l'idée que nous avons de son caractère.

Tout se passa selon l'usage. Denys pressa le siége avec une chaleur et un acharnement qui rendait chaque jour la résistance de Cléonisse plus douteuse. L'amour prit de l'empire sur une vertu qui perdait insensiblement de sa dignité, et la belle fit entendre enfin *qu'elle n'était pas éloignée de consentir à une intimité qui n'aurait pour but qu'une liaison platonique.*

Les princesses attendaient avec confiance l'effet que produiraient les chastes attraits de leur amie. Philistus était d'un aveuglement, d'une complaisance sans égale : lorsqu'Agathon, pour son malheur et pour celui de la Sicile, ne suivant qu'un zèle impardonnable dans un ministre qui avait autant de lumières, s'imagina qu'il devait intervenir dans cette affaire, et s'avisa de troubler les divers projets que Dénys, Cléonisse, les princesses, et sans doute aussi Philistus, avaient tant d'intérêt de voir réussir.

CHAPITRE VI.

Faute d'Agathon contre la politique. Suite de cette faute.

LA familiarité dans laquelle Dénys vivait avec Agathon, et le besoin qu'ont tous les amans de confier à quelqu'un leurs peines ou leur bonheur, ne lui avaient pas permis de faire un secret de son amour à son favori. D'abord celui-ci

avait poussé la complaisance assez loin
pour écouter, pendant des heures entières, les confidences de l'amant le plus
bavard qui ait jamais existé. Sans s'opposer ouvertement à un choix, qu'il savait
bien n'être plus en son pouvoir de changer, Agathon se contenta de représenter au prince les difficultés qu'il aurait
à vaincre auprès d'une vertu aussi sévère que systématique, de manière à
le dégoûter d'une entreprise qui, selon
toutes les apparences, devait être d'une
longueur effrayante.

Voyant que Denys, loin d'être dé-
couragé de la résistance, prenait chaque
jour plus d'espoir d'apprivoiser enfin cette
vertu sauvage, il soupçonna que la belle
Cléonisse employait assez de manége
pour exciter l'ardeur du prince en paraissant lui ôter toute espérance. Plus il
l'observa, plus il découvrit de motifs qui le confirmèrent dans cette idée;
et, le mépris se joignant au mécontentement naturel que faisaient naître tant

3

de fausses vertus, il ne douta plus que
la vertueuse Cléonisse ne fût une insigne
coquette, qui voulait conserver sa réputation d'invincible par une résistance apparente, tandis qu'elle resserrait davantage les nœuds qui attachaient à elle le
crédule Denys. La chose commença à
lui paraître sérieuse, et son devoir envers un prince pour lequel il se sentait
de l'inclination, malgré ses défauts, autant que son zèle pour le salut de l'état,
lui persuadèrent qu'il devrait s'opposer
de tout son pouvoir à une liaison qui
devait avoir les suites les plus fâcheuses.

Bacchidion, malgré le préjugé contraire aux gens de sa profession, lui paraissait préférable pour Denys, et bien
moins dangereuse que la vertueuse dame
à laquelle il avait affaire. La froideur
du roi pour la pauvre danseuse augmentait chaque jour; elle eut recours à
Agathon, qui ne fit aucune difficulté de
prendre son parti avec une chaleur qui
ne convenait guère à la dignité de son

caractère. Denys ne l'aimait plus, quoiqu'il eût conservé sur elle certains droits que, selon Agathon, l'amour seul devait accorder. Bacchidion s'apperçut qu'elle servait de pis-aller; et, quoiqu'elle ne fût qu'une danseuse, elle était trop jeune, et trop jolie pour ne pas se croire en état de jouer un autre rôle. Elle s'avisa de faire aussi la cruelle, et d'essayer si un peu de pruderie et de caprice, joint à une dose suffisante de coquetterie, ne lui réussirait pas mieux qu'une complaisance sans bornes et des plaintes inutiles. Cette petite ruse eut tant de succès, qu'Agathon, qui se croyait sûr de la victoire, crut avoir trouvé le moment favorable pour avouer franchement à Denys le peu de cas qu'il faisait de la prétendue vertu de Cléonisse; mais les suites de l'entretien qu'ils eurent ensemble à ce sujet ne répondirent point à l'attente de notre héros. Le mal qu'Agathon avait dit au roi de sa nouvelle divinité prouvait tout au plus qu'elle ne méritait pas l'idée qu'il avait d'elle; mais

il augmentait ses desirs au lieu de les
eteindre. *Tant mieux pour Denys,
si elle n'était pas aussi vertueuse
qu'elle le paraissait !* Il se garda bien
de faire part de cette pensée à son favori ; mais Cléonisse ne tarda pas à s'en
appercevoir. A peine le roi eut-il appris
que la vertu de la dame n'était qu'un
fantôme, qu'il s'empressa de faire usage
de cette découverte. Son procédé la jeta
dans le plus grand étonnement ; il formait le contraste le plus offensant avec
son ancienne conduite, et sur-tout avec
la dignité de la belle. Denys se crut un
prodige de finesse parce qu'il ne lui dit
pas d'abord l'idée qu'on lui avait donnée
de son caractère ; mais ses actions étaient
si claires , qu'elle ne douta point que
quelqu'un ne lui eût rendu ce mauvais
service. Le cas était embarrassant : comment concilier ce qu'elle devait à sa dignité offensée avec la crainte d'éloigner,
par une sévérité déplacée, un amant de
cette importance ? Mais un esprit comme

le sien se tire des positions les plus difficiles. Enfin Denys la quitta, plus convaincu que jamais de sa vertu, en obtenant un aveu que la force seule de la sympathie avait arraché à la belle, qui, sans lui désigner le moment où ses vœux seraient exaucés, ne lui défendait pas de renoncer à l'espoir. Dès lors la passion du roi fut toujours en augmentant ainsi que le crédit de la dame. La belle Bacchidion fut publiquement congédiée ; et dans le cas où Agathon aurait encore eu des doutes, il ne tenait qu'à lui de lire dans les yeux du prince l'espoir qu'il avait de recueillir bientôt le dernier soupir de la vertu chancelante de la majestueuse Cléonisse.

Agathon crut qu'il était temps de risquer une démarche que l'extrême nécessité pouvait seule justifier, mais qui lui paraissait un moyen infaillible de mettre fin à cette dangereuse intrigue. Il fit prier Philistus de passer chez lui, et lui découvrit, avec toute la confiance d'un honnête homme qui croit parler à un homme honnête, le danger auquel son honneur et la vertu de sa femme étaient exposés. Il ne lui apprit sans doute que ce que celui-ci savait depuis long-temps; mais Philistus n'en parut pas moins étonné: il témoigna la reconnaissance la plus vive pour cette marque peu commune de l'amitié d'Agathon, et l'assura qu'il songerait aux moyens de garantir Cléonisse, *dont il avait la meilleure idée*, dès embûches qu'on lui tendait.

On a bien raison de nous répéter *qu'il faut obliger les gens à leur manière et non pas à la nôtre.* Agathon croyait avoir rendu un grand service à Philistus; il aurait été bien étonné d'entendre l'apostrophe que lui adressa ce digne ministre lorsqu'il se trouva seul. En effet, celui-ci ne s'attendait guère à voir s'évanouir en un moment toutes ses espérances, par un soin aussi déplacé pour son honneur! Il fallait bien jouer l'étonnement et la jalousie, à moins de passer aux yeux d'Agathon pour le complice de sa honte. Cette comédie prit pendant quelques jours une tournure assez tragique. Combien les principaux personnages se seraient épargnés de peine s'ils avaient levé le masque, et qu'ils eussent paru sous leur forme naturelle ! Mais les gens du monde sont de si grands observateurs des bienséances !...

Cléonisse n'eut pas de peine à se justifier auprès de son époux ; elle en appela aux princesses comme des témoins irrécusables de l'innocence de sa conduite. Rien de plus pathétique et de plus éloquent que le discours qu'elle fit à son mari pour lui reprocher l'injustice de ses soupçons. L'honnête Philistus ne trouva qu'un moyen de sortir d'embarras ; ce fut de nommer l'ami qui, disait-il, lui avait fait commettre cet excès d'imprudence et de jalousie. La tempête en furie, ou la rage d'une lionne à qui l'on vient de ravir ses petits, ne seraient que de faibles images, comparées aux mouvemens im-

pétueux que le nom d'Agathon excita
dans le sein de la sage Cléonisse. Ils ne
pouvaient avoir pour mesure que la volupté avec laquelle elle pensait qu'il ne
dépendait que d'elle enfin de se venger
de l'ingrat qui avait méprisé ses charmes.
Elle s'en prit à Denys de l'offense qu'on
lui avait faite, et le maltraita jusqu'à ce
que, ne sachant comment l'appaiser, il
lui découvrit l'opinion qu'Agathon s'é-
tait efforcé de lui donner du caractère
de Cléonisse.

« Tout s'éclaircit enfin! s'écria-t-elle,
« et j'admire ma simplicité qui me por-
« tait à penser favorablement d'un homme
« à la vengeance duquel j'aurais dû m'at-
« tendre. » — On peut se figurer l'étonnement de Denys à ces paroles. Il exi-
gea une explication; et Cléonisse se crut
obligée de lui découvrir que la haine d'A-
gathon envers elle provenait de ce qu'elle
n'avait pas jugé à propos de favoriser son
amour. On sait combien ce rapport était
faux ; mais, obligée de se défendre, il est

facile de concevoir qu'elle préférait le faire
aux dépens d'un homme qui lui était
odieux. Quoi qu'il en soit, ce projet réussit
à merveille : Denys devint si jaloux de
son indigne favori, que Cléonisse, craignant qu'un éclat n'amenât des explica-
tions défavorables pour elle, fut obligée
d'employer tout son crédit pour l'engager à se contenir. Elle lui remontra la
nécessité d'agir avec prudence envers un
homme qui était l'idole de la nation. Denys le sentit, et sa haine pour Agathon
n'en devint que plus vive. Les princesses
s'en mêlèrent ; elles trouvaient très-mau-
vais que notre héros, au lieu de tirer le roi
de ses désordres, eût pris sous sa protection une créature telle que la danseuse. On ne craignit pas même d'attri-
-buer ce zèle pour les intérêts de Bacchidion à quelque cause secrète ; et Philistus produisit des témoins qui firent
aux princesses plusieurs dépositions, qui
répandaient bien des doutes sur la sagesse de notre héros et sur la fidélité de

3 *

la danseuse. Ce digne ministre trouvait
les projets de son maître sur sa femme
si innocens et si purs, qu'il aurait craint
de passer pour ridicule en paraissant of
fensé de l'amitié dont le roi honorait
Cléonisse. Un crédit qui augmentait chaque jour justifia la noble complaisance
de cet ancien favori. Timocrate profita
de cette circonstance pour rentrer en
faveur ; et tous se réunirent avec la triom-
phante Cléonisse pour hâter la chûte de
notre héros.

CHAPITRE VII.

*Entretien remarquable entre Aga-
thon et Aristippe. Résolution du
premier, avec les motifs pour ou
contre.*

Nous venons de voir combien il est facile
à une ame vile de prendre les apparences
de la vertu ; (plût au ciel que ces exemples
ne fussent pas aussi communs dans la vie!)
Agathon devait éprouver bientôt qu'il est

aussi facile de dénaturer avec perfidie les
intentions les plus pures. Il en avait déjà
fait l'expérience à Athènes ; mais ses amis
d'Athènes, comparés aux êtres méprisables sauxquels on le sacrifiait maintenant,
lui semblaient aussi peu dangereux qu'ils
avaient paru l'être alors. La vive impression des sentimens présens pouvait bien al-
térer son jugement : car la différence qui
existait entre la méchanceté des courtisans
de Denys, et celle des républicains, ne
provenait que de l'obligation où l'on est
dans les républiques d'affecter des mœurs
et de la vertu, tandis que, dans les cours,
on a rempli tout ce qu'il faut faire en
donnant des noms respectables aux vices
qu'ennoblit l'exemple du prince, ou qui
peuvent servir à ses projets.

En effet, rien de plus dégoûtant que
d'entendre un homme bien bas, bien
souple, bien soumis, parler d'un honneur qu'il n'a pas, ou qu'il est au moment de perdre, si ce n'est de voir un
fripon, au maintien grave et composé,

qui, à l'abri de son patriotisme, de ses
maximes, et de l'exacte observation de
toutes les formes extérieures de la cons-
titution et des lois, se déclare l'ennemi
de tous ceux qui ne pensent pas comme
lui, ou qui ne veulent pas servir ses desseins, et qui ne se fait aucun scrupule
de brouiller une bonne cause, ou d'en
soutenir une mavaise, selon que son intérêt le demande! Ce dernier est bien
plus dangereux sans doute; c'est un hy-
pocrite: l'autre n'est qu'un comédien,
qui n'exige point qu'on le prenne pour
ce qu'il n'est pas, et qui est satisfait lorsque les acteurs et les spectateurs applau-
dissent à sa métamorphose, sans s'embarrasser à ce sujet de leur véritable opinion.

Agathon avait tout le loisir nécessaire
pour faire de semblables réflexions; car
son crédit et son influence diminuaient
à vue d'œil. Tout paraissait en apparence
sur le même pied qu'auparavant: Denys
et la cour le caressaient plus que jamais,

Cléonisse même regardait comme au-
dessous d'elle de lui faire connaître l'in-
dignation que son procédé lui avait inspirée ; mais il fut obligé de voir tous les
vains prétextes dont on se servait pour
contrarier ses projets, et pour détruire
ses meilleurs réglemens. Il fallut supporter l'éloignement de ses créatures, et du
petit nombre de gens capables que l'on
avait mis en place ; souffrir la perfidie avec
laquelle on interprétait ses desseins ou
ses actions, et le ridicule qu'on s'efforçait
de répandre sur sa personne et sur son
mérite. Tandis qu'on vantait ses talens,
on le traitait comme un homme qui n'en
aurait possédé aucun ; si l'on suivait encore ses principes en administration, la
politique seule y avait quelque part : enfin
le crime avait repris tout son empire à
la cour de Syracuse.

C'était le moment de faire valoir la
clause qu'Agathon s'était réservée en se
chargeant de l'emploi de premier ministre. Il fallait se retirer, puisqu'il ne pou-

vait plus douter qu'il n'était bon à rien
à la cour de Denys : ce fut le conseil que
lui donna le philosophe Aristippe, le seul
ami fidèle qu'il eût à la cour.

« Tu n'aurais jamais dû prendre d'en-
« gagement avec Denys, lui dit-il ; mais,
« puisque tu avais accepté cette place, il
« fallait régler tes idées morales, ou du
« moins ta conduite, d'après les circons-
« tances. Sur le théâtre de la dissimula-
« tion, de l'intrigue, de l'adulation et de
« l'imposture, où tous les visages sont com-
« posés, où toutes les vertus sont des chi-
« mères, dans une cour enfin, il n'y a d'au-
« tres règles que la convenance, d'autre po-
« litique que de faire servir chaque évé-
« nement à ses vues secrètes. Au surplus,
« c'est encore une question de savoir si
« tu as bien fait de te brouiller avec Denys
« pour une cause aussi peu importante ?
« Je conviens que la danseuse Bacchidion
« est beaucoup moins méprisable aux yeux
« d'un homme sage, que la majestueuse
« Cléonisse qui, en dépit de sa méthaphy-

« sique et de sa vertu, n'est qu'une femme
« fausse, ambitieuse et méchante. Bacchi-
« dion n'a pas fait de mal à l'état, Cléonisse
« en fera beaucoup. » — « C'est précisément pour cela, dit Agathon, que je me
suis déclaré en faveur de la première pour
éloigner la seconde. » — « Mais il était
facile de prévoir que Cléonisse l'emporterait ! » — « Un honnête homme, Aristippe, ne se déclare pas pour le parti qui
doit triompher, mais pour celui qui a
raison, ou qui a le moins de tort. » —

« O Agathon ! qu'il est difficile pour
« l'homme honnête, qui veut vivre à la
« cour, d'éviter les écueils qui l'entourent.
« Réponds-moi, n'est-il pas dommage
« que tout le bien que tu as fait, et tout
« celui que tu aurais fait encore, soit dé-
« truit, parce que tu n'as pas voulu aimer
« une belle femme qui faisait l'impossible
« pour te faire comprendre qu'elle voulait
« l'être ? Cette première faute aurait pu se
« réparer si tu avais eu la complaisance
« de seconder ses projets sur Denys. Tu ne

« l'as pas voulu, d'accord! Mais quelle rai-
« son avais-tu de t'y opposer? Pourquoi
« n'es-tu pas resté neutre? La petite Bac-
« chidion n'aurait plus dansé; Cléonisse
« aurait pris sa place jusqu'au moment où
« le roi l'aurait abandonnée comme tant
« d'autres : tout se serait passé de cette
« manière; et, en supposant qu'il eût fallu
« lui céder une partie de l'autorité, tu
« aurais tenu la balance en équilibre, en
« conservant assez de pouvoir pour em-
« pêcher beaucoup de mal. Bien avec elle
« en apparence, ta place et la confiance
« du roi t'auraient procuré mille occasions
« de la faire congédier le plus poliment
« du monde, aussitôt que tu aurais ap-
« perçu que ses charmes avaient perdu
« de leur nouveauté. Mais, je te connais,
« Agathon, tu n'es pas fait pour la dissi-
« mulation, ni pour les intrigues de cour.
« Ton cœur est trop grand, ton imagi-
« nation trop ardente, pour te plier jamais
« à cette espèce de prudence, sans laquelle
« il est impossible de se maintenir dans

« la faveur des grands. J'aurais pu te dire
« tout cela lorsque j'aidai à te persuader
« de faire un accord avec Denys; mais
« ta propre expérience devait mieux te
« convaincre que mes paroles. Retire-toi
« avant que l'orage qui s'élève vienne
« fondre sur ta tête. Denys ne mérite
« point un ami tel que toi. Combien tu
« t'es trompé, si tu as pu croire qu'il t'es-
« timait! il n'a jamais estimé personne.
« Lors même de son enthousiasme pour
« toi, il ne t'aimait que comme il aime
« son singe ou son perroquet, parce que
« tu dissipais son ennui. Sa faveur pouvait
« tomber sur un nouveau débarqué, qui
« aurait mieux joué de la cythare. Non,
« Agathon n'est pas fait pour vivre avec de
« parcilles gens! Retire toi, te dis-je, tu
« as assez fait pour ton honneur. Le vice
« de la nouvelle administration sera l'é-
« loge le plus complet de la tienne. Tes
« actions, tes vertus, l'attachement d'un
« peuple entier qui bénira ta mémoire,
« en regrettant les temps heureux où tu

« gouvernais, ne te dédommageront-ils
« pas bien des injustices d'une cour qui
« n'est composée que de fripons, d'escla-
« ves et de flatteurs, dont la haine est bien
« plus honorable que les louanges? Tes
« amis de Tarente te recevront à bras
« ouverts. Je le répète, Agathon, aban-
« donne un prince et des courtisans aussi
« dignes les uns des autres, et songe à jouir
« de la vie, après avoir épouvé combien
« il est difficile, dangereux, et sur-tout
« inutile, de travailler au bonheur des
« autres. »

Tel fut le conseil d'Aristippe. Agathon
aurait bien fait de le suivre; mais qu'il
est difficile que celui qui remplit un rôle
principal puisse juger aussi tranquillement qu'un simple spectateur!

Agathon considéra les choses sous un
autre point de vue. Il se regardait comme
un homme qui s'est imposé l'obligation
d'assurer le bonheur de la Sicile. « Quel
« est le but qui m'a conduit à Syracuse,
« se demandait-il, et dans quel dessein

« ai-je pris le titre d'ami et de conseiller
« du tyran? Était-ce pour devenir l'es-
« clave de ses passions et l'instrument
« d'un gouvernement arbitraire, ou pour
« ne suivre que des intentions pures et
« libérales? Aurais-je jamais consenti à
« accepter une place, si je n'avais pas
« eu l'espoir que la vertu l'emporterait
« enfin sur ses vices?... Il m'a trompé :
« l'expérience que j'ai de son caractère
« m'assure qu'il est incorrigible. Mais
« quelle lâcheté à moi d'abandonner un
« peuple dont la félicité était le but de
« mes efforts! un peuple qui me regarde
« comme son bienfaiteur, pour le livrer
« aux caprices d'un voluptueux cruel, et
« à la rapacité de ses flatteurs et de ses
« esclaves! L'ingratitude de ce prince et
« ses lâches procédés n'ont-ils pas brisé
« les liens qui m'attachaient à lui ; et, en
« supposant qu'il en existe encore, ceux
« qui m'attachent à son pays ne sont-ils
« pas infiniment plus sacrés, depuis que
« les services que je lui ai rendus me le

« font regarder comme une seconde pa-
« trie? Qu'est-ce que Denys? peut-il avoir
« des droits à un pouvoir usurpé? Si les
« apparences lui en donnent, n'est-ce
« pas à Agathon qu'il en est redevable?
« n'est-ce pas moi dont l'administration
« bienfaisante a changé en amour la
« haine qu'on lui portait? L'ingrat! il
« s'est imparé de mes travaux, il en a
« recueilli les fruits; et maintenant qu'il
« se croit assez fort pour se passer de
« moi, honteux d'avoir été conduit si
« long-temps, s'abandonnant sans réserve
« à son caractère, il va détruire mon ou-
« vrage, comme s'il ne pouvait trop tôt
« apprendre à l'univers que c'est Aga-
« thon, et non pas Denys, qui faisait
« espérer aux Siciliens de voir renaître des
« temps qui devaient les dédommager des
« maux que leur avait faits une longue
« suite de mauvais princes ou de mau-
« vais ministres !

« Que dirait-on de moi si j'abandon-
« nais la partie dans des circonstances

« où je deviens plus nécessaire que ja-
« mais. Denys a donné trop de preuves
« de ses vices et de son caractère pour
« pouvoir désormais inspirer du respect :
« il est temps de finir cette comédie, et
« de mettre ce roi de théâtre à la place
« que son mérite lui a réservée. »

Ce monologue prouve combien Agathon était encore éloigné de maîtriser cet
enthousiasme qui fut toujours la source
de ses fautes comme de ses belles actions.
Nous n'avons aucun motif de douter de
sa sincérité ; nous devons donc regarder
que la résolution qu'il prit de détrôner
Denys avait pour motif des intentions
aussi pures que celles qui, quinze ans
plus tard, engagèrent le plus grand des
des mortels, Timoléon de Corinthe, à
entreprendre la délivrance de la Sicile.
Mais ce qui n'est pas moins vraisemblable, c'est que le sentiment profond de
l'injustice qu'il éprouvait, l'ingratitude
de Denys, et le chagrin d'être sacrifié à
une femme méprisable, contribuèrent

fortement à allumer cette ardeur héroïque
qui brûlait dans son ame. Cependant il
n'avait d'autres obligations à remplir envers les Siciliens que celles qui naissaient
de son contrat avec le roi. Ces obligations cessaient dès l'instant que le roi
n'agréait plus ses services. Syracuse n'é-
tait pas sa patrie. Denys, en vertu d'une
succession tacitement reconnue par le
peuple et par les puissances voisines,
avait une espèce de droit au trône après
la mort de son père : Agathon se serait-il
mis à son service, s'il n'avait cru que le
pouvoir de ce prince était légitime? Les
motifs qui l'avaient engagé alors à préférer la monarchie à la république, et
même à s'opposer aux desseins de Dion,
subsistaient encore dans toute leur force.
Qui lui garantissait qu'un soulèvement
contre le roi eût placé les Syracusains dans
une situation plus heureuse, et ne leur
eût pas donné de plus mauvais maîtres
que Denys? N'avaient-ils pas prouvé qu'ils
étaient faits pour obéir, et incapables de

se gouverner eux-mêmes? D'ailleurs, le
roi avait assez de troupes pour s'opposer
à ceux qui tentaient de le détrôner, et
les suites malheureuses d'une guerre civile étaient tout ce qu'on pouvait se pro-
mettre d'un entreprise aussi difficile. Ces
considérations auraient été d'un grand
poids pour un homme froid et impartial; elles auraient balancé les motifs contraires: mais Agathon n'était ni froid ni
impartial; il était homme, et son amour-
propre se trouvait offensé de la manière la plus sensible. Les sensations qu'il
éprouvait ne lui permirent pas d'envisa-
ger les objets sous leur véritable point
de vue. Lui qui ne considérait autrefois
les crimes de Denys que comme des
faiblesses, ne se le représentait plus que
comme un affreux tyran. Mieux il avait
pensé de Philistus, plus la connaissance
qu'il avait acquise de la fausseté et de la
bassesse de ce digne ministre lui rendait
son caractère odieux. Il le croyait capable
des actions les plus viles et les plus cri-

minelles. Le dépit de voir détruire son
ouvrage embellit encore le tableau qu'il
s'était fait du bonheur de la Sicile sous
son administration paternelle. Il ne pouvait supporter l'idée de voir triompher
des gens qui n'étaient acharnés contre
lui que parce qu'ils étaient les ennemis
du bien, de la vertu et de la félicité publique. Il regardait comme un devoir
sacré de s'opposer à leurs entreprises;
et la place qu'il avait occupée pendant
environ deux ans, lui persuadait que
c'était à lui seul à remplir ce devoir dans
les circonstances présentes. Toutes ces
considérations étaient si bien secondées
par les sentimens de son cœur et par sa
vive imagination, qu'elles ne lui permirent pas d'écouter la prudence.

CHAPITRE VIII.

Agathon conspire contre Denys.
Il est arrêté.

A PEINE Agathon eut-il pris cette résolution, qu'il travailla avec ardeur à
l'exécuter. Dion, qui se trouvait alors à
Athènes, avait en Sicile un parti considérable qui se donnait tous les mouvemens imaginables pour obtenir son
rappel. Il s'était adressé de préférence à
Agathon aussitôt qu'il eut appris le crédit dont il jouissait auprès de Denys; mais
Agathon n'avait pas alors une idée aussi
avantageuse de Dion que l'académie d'A-
thènes : une vertu mêlée d'orgueil, de dureté et de rudesse lui paraissait, sinon
suspecte, du moins propre à inspirer de
la méfiance. Il craignait, avec assez de
vraisemblance, que le caractère de ce
parent du roi ne lui laissât guère de repos, et que, malgré ses principes républicains, il ne fût aussi peu disposé à

3.   4

partager l'autorité suprême que de vivre
sans en avoir. Ainsi donc, loin d'appuyer
les demandes de Dion, il n'avait rien
fait pour combattre l'extrême aversion
que Denys témoignait contre lui. Cette
conduite avait mécontenté les amis de
Dion ; ils surent aussi mauvais gré à Agathon de n'avoir rien fait pour leur cause,
que s'il leur avait été contraire. Mais, depuis que sa propre expérience justifiait
l'opinion que les ennemis de Denys
avaient du tyran, il avait changé d'intention à l'égard de Dion. Ce philosophe,
à qui l'on ne pouvait refuser de grandes
qualités, lui parut un homme plein d'honneur et de courage, qui, fatigué du malheur général sous un gouvernement im-
pie, et de ses efforts inutiles pour s'opposer au torrent de la corruption, n'a-
vait pu se défendre d'une juste indigna-
tion, qui, en lui donnant l'apparence d'un
misanthrope, n'avait pour motif que le
plus noble amour de l'humanité. Il résolut donc de faire cause commune avec

Dion; il en fit part aux amis de ce dernier. Enchantés de cette démarche d'un homme dont les talens et la considération auprès du peuple étaient de la plus grande importance, ils lui découvrirent à leur tour la situation exacte des affaires de Dion, le nombre de ses partisans, les mesures que l'on avait prises, dans le cas où un heureux hasard le ferait débarquer sur les côtes de la Sicile. C'est ainsi qu'Agathon, naguère le confident et le premier ministre de Denys, devint en peu de temps le chef d'une conjuration dans laquelle entrèrent tous ceux que des vues nobles ou intéressées rendaient mécontens du gouvernement actuel.

Agathon adopta un plan qui le mit dans la nécessité d'entretenir une correspondance secrète avec Dion, et qui affermit la bonne opinion qu'ils commençaient à prendre l'un de l'autre. La cour, occupée de plaisirs de toute espèce, semblait oublier les dangers qui la menaçaient, et

ravorisait les progrès de la conjuration
par une insouciance qui parut si peu naturelle, qu'elle donna de l'inquiétude aux
conjurés. Ils redoublèrent de vigilance,
et (chose admirable, quoiqu'assez commune dans les entreprises de cette espèce) malgré le grand nombre de ceux
qui savaient la situation des choses, tout
resta si secret, qu'on n'aurait eu aucun
soupçon, si certaines circonstances n'a-
vaient excité la méfiance de Philistus.
D'abord il ne lui parut pas vraisemblable
qu'Agathon vît avec autant d'indifférence
la perte de son crédit : puis il fut informé que Dion faisait en secret des arme-
mens et des préparatifs qui annonçaient
des projets sérieux. — « *Agathon et*
« *Dion seraient-ils d'intelligence?* »
— Cette pensée était trop naturelle pour
ne pas se présenter à son esprit, et ses
suites paraissaient trop redoutables pour
ne pas lui causer la plus vive inquiétude.
Dès ce moment Agathon, et tous ceux
qui étaient connus pour être amis de

Dion, furent entourés d'espions. Enfin
Philistus réussit à s'emparer d'un esclave, envoyé d'Athènes avec des lettres pour Agathon. Ces lettres, qui con-
tenaient les motifs qui avaient empêché
Dion de débarquer en Sicile comme on
en était convenu, annonçaient la part
qu'Agathon et ses amis prenaient au retour de Dion. Mais, si l'on en excepte
quelques expressions obscures, qui semblaient cacher un secret, elles ne faisaient
pas mention d'un complot contre le roi
et le gouvernement.

Cette découverte fit beaucoup de sen-
sation dans le conseil secret de Denys :
on connaissait assez les causes pour en
craindre les effets. C'est pour cela que
Philistus crut qu'il était prudent de ne
pas divulguer la chose. Agathon fut arrêté sous prétexte d'abus de confiance
pendant son administration; et l'on se
garda bien d'instruire le public des véritables motifs de son arrestation. On
aima mieux embarrasser les partisans de

Dion, dont la peur avait grossi le nombre, que de les mettre au désespoir en les engageant à tout risquer; et, en se contentant de les bien observer, on gagna le temps de se préparer contre toute attaque.

Nous avons déjà vu que notre héros n'est jamais plus grand que dans l'adversité. Préparé à tout ce qu'il y avait de plus terrible, il ne voulut pas donner à ses ennemis la satisfaction de lui voir faire quelque chose d'indigne de son grand cœur. Il refusa opiniâtrément de répondre à Philistus et à Timocrate, qui avaient été nommés pour l'interroger sur les crimes dont on l'accusait. Il demanda que le roi l'entendît, et il en appela à la conditiion qu'ils avaient faite entre eux. Mais Denys n'eut pas le courage d'avoir un entretien avec son favori. On tenta d'ébranler sa fermeté par les menaces, et par le traitement le plus dur. Cléonisse opinait pour qu'on le sacrifiât sans pitié, et elle l'aurait emporté si la prudence de Philistus et la pusillanimité de Denys

avaient permis de servir le ressentiment
de la belle. Elle fut obligée de se contenter de l'espoir qu'il serait immolé à sa
vengeance, lorsqu'on serait parvenu,
n'importe par quel moyen, à se défaire
de Dion et de ses partisans.

CHAPITRE IX.

État présent du cœur de notre héros.

COMME nous nous sommes imposés la
loi, en écrivant cette histoire, non seulement d'entretenir le lecteur des aventures de notre héros, mais encore de lui
faire part des secrets mouvemens de son
cœur, dans les circonstances importantes
où il se trouve, on a droit d'exiger que nous
rendions un compte exact des sentimens
qu'il éprouvait à cette époque mémorable
de sa vie, lorsqu'il se vit trompé de nouveau dans ses sublimes espérances, et
arrêté subitement au milieu de sa glorieuse carrière.

O renversement des espérances humaines ! Agathon qui naguère encore
jouissait de la confiance illimitée du prince qu'il avait choisi, Agathon, l'idole
d'un peuple, que son administration rendait heureux, l'homme le plus puissant
de la Sicile est précipité tout-à-coup dans
une prison, où, sans l'intervention d'une
divinité secourable, son mérite, ses services, et la pureté de ses intentions, ne
suffiront pas pour le préserver des attaques de ses ennemis, et des suites de son
imprévoyance !

Il était naturel que le souvenir de tant
d'expériences faites en si peu de temps,
et les réfléxions que la solitude et le loisir
de sa prison le forçaient de faire, produi-
sissent une grande révolution dans l'ame
d'un homme habitué à réflechir dès l'age
le plus tendre, et qui se rendait compte de
ses moindres actions.

Peut-être se souvient-on encore qu'A-
gathon, à son début à la cour de Syracuse,
ne pensait déjà plus aussi avantageuse-

ment de la nature humaine, que lorsqu'il était à Delphes, où il avait passé sa première jeunesse, dans l'ignorance des hommes et du monde, au milieu des statues des héros et des dieux. Athènes et Smirne avaient produit de grands changemens dans ses idées : les remarques qu'il avait faites dans ces deux villes, et la connaissance qu'il avait acquise du caractère des grands de la cour de Syracuse, abaissèrent tellement la haute opinion qu'il avait des hommes, qu'il était tenté de regarder comme des fables les discours et les écrits élevés de Platon sur la destination de la nature humaine. Insensiblement le système de Hippias ne lui parut plus si monstrueux qu'autrefois, lorsque assis au clair de la lune, dans le jardin de ce sage voluptueux, il réfléchissait sur la nature des êtres aériens. Les principes du sophiste lui parurent assez vraisemblables, pour concevoir comment des gens, qui ne trouvent rien dans leur cœur qui puisse leur donner une idée avantageuse de leur na-

4 *

ture, parviennent, après un long commerce avec le monde, à se persuader de
la vérité de ces principes.

Convaincu de la pureté des motifs qui
l'avaient engagé à rechercher l'amitié de
Denys, il ne pouvait penser sans dépit
aux manœuvres méprisables qu'on avait
employées pour la lui faire perdre. Son
ame, obscurcie par le chagrin d'avoir vu
détruire ses plus belles espérances, s'ou-
vrait au mécontentement que lui inspirait
peu à peu toute l'espèce humaine, et le
disposait à croire à la vérité des principes d'Hippias.

« Non ! disait-il, les hommes ne sont
pas tels que je les supposais, lorsque je
les jugeais d'après mon inexpérience et
les jeunes sensations de mon cœur. Ce
que j'éprouve justifie le mal qu'Hippias
disait d'eux. Puisqu'ils sont incorrigibles,
ponrquoi m'inquiéter de ce qu'on ne peut
les conduire par des principes qui ne con-
viennent point à leur nature ! J'avais tort
de vouloir les rendre meilleurs qu'ils ne

peuvent l'être, et plus heureux qu'ils ne le desirent eux-mêmes. C'est la seconde fois que Philistus, digne partisan du sys-tême du sophiste, l'emporte sur la sagesse et sur la vertu. Aurait-il réussi, si l'in-térêt, l'impudeur, la volupté la plus basse, tous les vices enfin ne livraient le faible au méchant, l'imprévoyant à l'homme adroit, l'être sans principes à l'ambitieux, et ne lui faisaient trouver dans tous ceux qu'il rencontre des instrumens convena-bles à ses projets? Ai-je besoin de nou-velles preuves pour savoir qu'il triom-pherait encore de Platon et de moi? Com-bien de fois n'ai-je pas consenti à céder de mes principes! Combien de fois n'ai-je pas descendu, en voyant l'impossibilité d'élever jusqu'à moi ceux auxquels j'avais affaire!..... quel avantage en ai-je retiré? Je n'ai pu me résoudre à commettre des bassesses, à devenir un flatteur, un vil complaisant, à trahir les intérêts du pays que je servais : aussi ai-je perdu la faveur du prince et le bien que la Sicile com-

mençait à ressentir de mon administration ; unique récompense à laquelle j'as-
pirais. J'ai tout perdu, parce que je n'ai
pu me résoudre à regarder comme juste
et convenable tont ce qui est utile. —
Ah ! sans doute, Hippias, tes idées, tes
maximes, ta morale et ta politique, sont
fondées sur l'expérience de tous les temps.
Les hommes ont toujours ressemblé au
portrait que tu me faisais d'eux ; jamais
ils n'ont respecté la vertu, à moins qu'ils
n'aient eu besoin d'elle, et toujours ils
l'ont persécutée lorsqu'elle a dévoilé leur
turpitude.

Ces réfléxions auxquelles il s'abandonna depuis sa disgrace, et sur-tout pendant sa captivité, agissaient plus fortement sur lui depuis qu'il voyait l'indifférence des Syracusains sur le sort d'un
homme qui avait tant de droits à leur
amour et à leur reconnaissance. Le sentiment qu'il éprouva en se voyant forcé
de renoncer à l'estime qu'il avait pour
Danaé n'était-il pas assez pénible, sans

être encore obligé de descendre de la haute opinion qu'il avait de l'espèce humaine ! Il était naturel que ces tristes épreuves achevassent d'éteindre cet enthousiasme cosmopolite, qui brûlait encore dans son ame au moment où il fuyait de Smirne. L'espoir de travailler pour le bonheur des hommes perdit tout son attrait aussitôt qu'il fut obligé de mal penser d'eux. Il ne les considérait plus que comme des animaux doués de la faculté de penser, mais uniquement occupés de leurs besoins physiques, qui ne connaissent de plaisirs que celui de les satisfaire, et qui sont assez lâches pour se soumettre à l'esclavage et aux conditions les plus honteuses pour se les procurer. « Et j'irais, s'écriait Agathon dans un accès d'humeur, j'irais sacrifier mon repos, mes plaisirs, mes forces et mon existence, pour améliorer le sort de ces nobles créatures ! Tous leurs desirs n'ont pour but que ces jouissances. Qui peut m'engager à leur rendre ces services ? Je

les paie lorsqu'ils travaillent pour mes
besoins ou pour mes plaisirs; voilà ce
qu'ils desirent et tout ce qu'ils peuvent
exiger de moi. »

O Agathon! si Hippias finissait par
avoir raison, et que cette vertu à laquelle
tu as déjà fait de si nombreux sacrifices
ne te paraissait plus que la plus sublime
et la plus belle de toutes les chimères!

Nous ne pouvons nier que ces réflexions et d'autres semblables acquirent
tant de pouvoir sur l'esprit de notre héros, qu'elles l'entraînèrent sur le bord
de l'abyme, qui se trouve entre la vertu
et le système d'Hippias. Certes, ses ennemis auraient remporté une victoire
bien complète, si, en le faisant descendre du trône qu'il occupait à Syracuse,
ils avaient pu le précipiter du haut de
cette élévation morale qui le plaçait si
fort au-dessus d'eux. Mais ils ne devaient
pas jouir de ce triomphe : au moment
où les nouvelles dispositions de son cœur
rendaient une nouvelle épreuve plus dan-

gereuse que jamais pour sa vertu chancelante, son génie protecteur fit naître
une circonstance, qui, en paraissant devoir accélérer sa chûte, servit de contre-
poids pour remettre en équilibre la balance qu'il avait heureusement maintenué
jusqu'ici malgré ses faiblesses et ses erreurs.

CHAPITRE X.

Agathon reçoit une visite à laquelle
il ne s'attendait pas; il est mis à
de nouvelles épreuves.

QUOIQUE les ennemis d'Agathon n'eussent rien négligé pour empêcher qu'il ne
s'échappât de sa prison, et pour que ses
partisans ne parvinssent à l'en tirer par
la force, cependant comme la première
colère du tyran était appaisée, et que la
recherche la plus exacte n'avait produit
rien qui justifiât l'extrême rigueur qu'on
exerçait envers lui, on avait adouci sa
captivité, en lui permettant de recevoir
la visite de ceux qui n'avaient point en

de rapports intimes avec lui ou avec Dion, et principalement celle des savans, et des philosophes qui se trouvaient alors à la cour.

Aristippe, profitant de cette permission, était déjà venu le voir plusieurs fois; et Agathon croyait que c'était lui qui entrait, lorsque, la porte s'ouvrant tout à coup, il vit paraître ce même Hippias, qu'il croyait éloigné de plusieurs centaines de lieues, et qu'il apostrophait d'une manière si vive, il n'y avait encore que quelques minutes, dans la persuasion qu'il se réconciliait avec les principes de sa philosophie anti-platonique.

Hippias avait coutume d'assister aux jeux olympiques; et, soit curiosité, soit desir de jouer un rôle à la cour de Denys, qui était le rendez-vous de tous les savans, il avait pris le parti de se rendre à Syracuse, en quittant les jeux qui avaient eu lieu cette année. Quoiqu'il ne s'attendît pas à trouver notre héros dans la position où il était, cependant il ne parut

pas étonné d'apprendre la disgrace d'A-
gathon, ses intelligences avec Dion, et
les événemens qui en avaient été la suite.
Hippias ne voulut pas se refuser le plaisir
de repaître ses yeux de la chûte de ce
nouvel Icare, persuadé qu'il ne s'était attiré ce malheur que par sa faute, et par
son vol audacieux et peu mesuré vers le
soleil d'une cour qui devait bientôt le
précipiter dans l'abyme. Aussitôt qu'il
fut instruit des ressorts qu'on avait fait
mouvoir pour accélérer la chûte d'Agathon, il se fit introduire dans sa prison;
car il se donnait pour un de ses anciens
amis.

En songeant aux dispositions où nous
avons laissé notre héros quelques instans
avant l'arrivée du sophiste, il semble
qu'on ait lieu d'attendre que la présence
d'un homme, dont il paraissait goûter
les principes, dût être pour lui plus agréable que pénible; mais à peine eut-il reconnu la figure d'Hippias, qu'il éprouva
des sentimens qui n'étaient rien moins

que flatteurs pour ce dernier. Une rougeur subite couvrit ses joues, il recula
d'un air de surprise et d'effroi, et tous
les traits de son visage annoncèrent cette
espèce de confusion qu'on éprouve, lorsqu'on est surpris par un homme qu'on
n'aime pas à avoir pour témoin de ses
pensées, et dont on craint la pénétration.
Hippias, qui, malgré son regard péné-
trant, ne pouvait soupçonner la véritable
cause de l'embarras d'Agathon, attribua
son trouble à la position où il se trouvait ; il s'avança vers lui avec confiance, et avec la sincérité apparente d'un
homme qui s'attend à une réception favorable. Cette assurance offensa d'autant
plus Agathon, qu'il crut remarquer une
joie perfide et un air de triomphe briller
sous les sourcils épais du sophiste. La
vue de cet homme réveilla tous les souvenirs, et l'horreur que ses maximes et
sa conduite lui avaient inspirée autrefois.
Il crut voir un mauvais génie, et ce sentiment extraordinaire le rendit aussitôt à

lui-même. L'odieuse présence d'Hippias fit perdre à sa théorie les charmes et la vérité que l'imagination de notre héros venait de lui prêter : et, aussitôt qu'il fut assuré que l'homme qui se trouvait devant lui était cet Hippias qu'il avait laissé à Smirne, il sentit pleinement qu'il était redevenu Agathon.

Malgré tout son orgueil, notre sophiste ne se décourageait pas facilement ; et, sans avoir l'air de remarquer le mépris d'Agathon : « Juste ciel ! s'écria-t-il avec « étonnement, et d'un ton ironique, « que veut dire ceci ? Je viens à Syra- « cuse pour être témoin de la fortune « brillante et de la glorieuse administra- « tion de mon ami, et je le trouve dans « les fers ! — Comment cet événement « est-il arrivé ? ton platonisme t'aurait-il « joué quelque mauvais tour à la cour « de Denys ? ce ne sont pas là les succès « que me promettaient les leçons que tu « avais reçues à Smirne, et je regretto « beaucoup de te trouver dans une po-

« sition où je crains de ne pouvoir t'of-
« frir qu'une compassion stérile. »

— « Épargne-toi ce soin, Hippias, répondit Agathon; et puisque tu es assez
généreux pour desirer de voir changer
une situation qui m'est moins pénible
que l'intérêt que tu parais y prendre,
laisse-moi seul, et cherche une société
qui te convienne mieux que la mienne. »

« Cher Agathon, répliqua le sophiste
sans témoigner le moindre mécontentement, je conçois qu'une ame aussi sensible que la tienne ne doit pas avoir
beaucoup de gaieté dans l'état où tu te
trouves. Nous nous connaissons depuis
long-temps, et d'anciens amis ne tiennent
point à ces misères. Je ne viens pas ici
pour insulter à ton malheur. »

— « Réellement! dit Agathon avec
un sourire amer, »—« Il n'y a pas assez
long-temps que nous sommes séparés
pour que tu aies oublié la manière dont
nous vivions à Smirne. Tu sais que j'ai
senti de l'amitié pour toi dès le premier

moment que le hasard t'offrit à ma vue, et qu'il n'a pas dépendu de moi que tu ne devinsses l'homme le plus heureux de toute l'Ionie ; mais tu as préféré voler de tes propres ailes. Je t'avais prédit ce qui t'arriverait ; et, malgré que tu n'aies pas suivi mes conseils, je suis resté fidèle à mes principes, et je suis toujours ton ami. » —

« Toi, mon ami ! Hippias l'ami d'A-gathon ! » —

« Sans doute ! Quel nom donneras-tu à celui qui, malgré la différence d'opi-nion, accourt pour tendre une main se-courable à l'homme qu'il aime, au mo-ment où il s'est attiré des malheurs par sa faute ? » —

« Je ne suis point malheureux, Hip-pias ; et, quand je le serais, en quoi ton amitié pourrait-elle m'être utile ? » —

« Elle peut te rendre de grands ser-vices, si, malgré ta jeunesse, tu n'es pas entièrement incorrigible. » —

« Incorrigible !.... mais oui, sois sûr

que je le suis, et retire de moi ta main
protectrice. Le plus tôt sera le mieux :
tu perdrais ton temps et ta peine ; car,
en effet, je suis incorrigible. » —

« Je ne puis ni ne veux le croire,
Agathon. Tu es chagrin, morose ; tu te
peins tout en noir, parce qu'un peu de
ressentiment est entré dans ton cœur ;
mais tu es homme, ainsi que moi, personne ne nous écoute, pourquoi ne
nous rendrions-nous pas justice l'un à
l'autre ? » —

« Oh ! je te la rends, sans doute, s'écria
Agathon, en jetant sur lui un regard de
mépris et en regardant vers la porte. » —

« Écoute, Agathon, répondit le sage
Hippias avec cette imperturbable gaieté
qu'il conservait dans toutes les circonstances, et en se laissant tomber sur un
lit de repos comme s'il se croyait chez
lui, j'espère te prouver que je sais rendre
justice à un homme qui eut assez de pouvoir et d'adresse pour humaniser un tyran tel que Denys, à un homme qui au-

rait fait renaître l'âge d'or pour la Sicile,
si les hommes n'étaient tels que je te les
peignis à Smirne, et s'ils ne devaient
rester les mêmes tant qu'ils ne seront
distingués des autres animaux que par
deux mains bien organisées, et par le
don de la parole. »

Agathon, voyant qu'il ne pouvait se
débarrasser d'Hippias, commença à se
considérer comme un voyageur que le
hasard réunit avec une mauvaise compagnie, et qui la supporte de son mieux,
dans l'espoir de s'en séparer bientôt :
il leva les épaules, et laissa parler le
sophiste.

« Ce n'est pas ta faute sans doute, continua Hippias en souriant, si Denys n'est
pas devenu le plus sage et le plus vertueux de tous les tyrans, sa cour le temple des muses, ses conseillers et ses ser-
viteurs aussi désintéressés que toi, et la
petite Bacchidion la plus tranquille de
toutes les danseuses qui se soit jamais
trouvée dans les bras d'un prince. »

Agathon rougit de nouveau, ferma les yeux, et continua de garder le silence.

« Sans doute aussi que ce sont là les projets qui t'ont conduit à Syracuse ? Tu auras fait les plus beaux rêves du monde, et tu n'auras négligé aucun moyen de les réaliser : comment se fait-il donc que tu n'aies pas réussi ? » ——

« Parce qu'on ne fait pas tout ce qu'on veut. Peut-être aimerais-tu mieux que je réponde : Parce que je n'ai pas eu la prudence de suivre les principes de cette philosophie respectable dans les mystères de laquelle tu m'avais jugé digne d'être initié. » ——

« Mon cher Agathon, repartit le sophiste avec un sourire rempli de malice et de pitié, on peut tout ce qu'on veut, lorsqu'on a l'esprit de ne vouloir que ce qui est possible. Quant à ma philosophie, je sais qu'elle n'aurait produit ici aucun des miracles que tu avais la prétention de faire; mais, si tu avais jugé à propos de la suivre, il est très-vrai semblable que tu aurais supplanté à ton gré les favoris de Denys, Philistus, Timocrate, sans en excepter la majestueuse Cléonisse. » —

« Je ne doute pas qu'Hippias n'eût agi autrement que moi. Sans doute il aurait trouvé le moyen d'atteler les tigres de Denys à son char avec des chaînes de roses. Les Philistus, les Timocrate, et tous ceux qui ont assez de talent ou d'adresse pour prendre part au butin se seraient empressés d'exécuter ses projets, et ils auraient eux-mêmes défendu leur protecteur, selon l'occasion. Cette belle harmonie aurait duré aussi long-temps qu'on aurait trouvé son compte à se tromper mutuellement ; et personne ne se serait mal trouvé de cette union parfaite que les peuples de la Sicile, et le petit nombre de gens honnêtes dont l'existence aurait échappé à vos yeux. Qu'en penses-tu, Hippias ? »

« O Agathon ! Agathon ! s'écria le sophiste avec l'intérêt d'un homme qui

malgré ses avis, voit son ami continuer
de suivre un chemin qui le conduit à
sa perte : les nouvelles expériences que
tu viens de faire à tes dépens, et qui
t'ont coûté si cher, seraient-elles donc
encore perdues pour toi!.... Mais sans
nous embarrasser de ce que j'aurais fait,
si j'avais été à ta place, occupons-nous
de ce que tu as fait toi-même. Quoiqu'il
soit impossible de changer le passé, cependant l'aveu de tes fautes peut t'empêcher d'en commettre de nouvelles. Je
le répète, j'espère te convaincre que je
suis ton ami ; car je vais te présenter un
miroir fidèle. Si Agathon a vu détruire
ses belles espérances, s'il a manqué son
but, perdu ses travaux, et que son mérite ait été récompensé par l'ingratitude,
c'est à lui seul qu'il doit s'en prendre.
Reconnais à ce trait le véritable caractère d'un ami qui ne craint pas d'affliger celui qui l'intéresse, lorsqu'il s'agit
de son avantage, et qui le juge plus sé-
vèrement que lui-même. Je ne parlerai

pas de la hardiesse avec laquelle tu t'es
chargé d'une grande entreprise, lorsque
tu refusais d'employer le seul moyen qui
pouvait la faire réussir, d'une entreprise
où le sage Platon avait échoué ! Avec une
imagination riche en idées , sans connaissance du monde, tu as cru pouvoir
transformer le gouvernement de Denys
en une monarchie parfaite , aussi facilement que tu disposais à Smirne d'une
maison dont tous les esclaves étaient à
tes ordres, et où tes rêves se réalisaient
si agréablement pour Danaé. Sans connaître le caractère du prince et celui des
courtisans , sans avoir employé le temps
et la pénétration nécessaire pour les observer , et pour savoir ce qu'un homme
comme toi devait attendre de l'un et
craindre des autres, tu as formé le projet de faire de Denys un bon roi, d'é-
loigner ses favoris, ou de neutraliser leur
influence ! C'est comme si Alcamène
avait voulu faire son aphrodite d'un mauvais morceau de bois noueux. Empé-

cher un Philistus de faire du mal ! quelle
idée !.. On ne peut se préserver des rep-
tiles venimeux qu'en les détruisant. C'é-
tait une grande présomption à toi de
compter sur ce prodige. Il est vrai que
la beauté de tes projets, le charme d'une
entreprise qui promet autant de gloire,
ton ignorance d'une cour dont les usages
étaient entièrement nouveaux pour toi,
paraissent te servir d'excuse. Mais que
tu n'aies pas mieux connu ton propre
cœur; que pour mériter la faveur, ou, si
tu le veux, la confiance du tyran, tu aies
renoncé complaisamment à une partie
de toi-même, et cédé toujours de tes
principes dans l'espoir d'atteindre ton
but; que tu te sois prêté à un accord
honteux avec ce que tu nommes *le vice*
par ta complaisance pour les passions de
Denys; que tu aies protégé Bacchidion
dans l'espoir de t'en servir contre Cléonisse ; que tous ces demi-sacrifices
qui devaient te prouver enfin leur inu-
tilité, et qui te découvraient à chaque

instant à des adversaires toujours plas-
tronnés, ne t'aient pas fait appercevoir
le précipice où t'entraînaient tes passions ;
que ta façon de juger les hommes, dont
les projets contrariaient les tiens, chan-
geât aussi souvent que le hasard faisait
changer tes rapports avec eux, et enfin
que tu aies embrassé le parti de ce même
Dion, que tu avais abandonné jusqu'a-
lors à ses ennemis, contre un prince qui
t'avait comblé de bienfaits, et qui avait
des raisons de te croire son ami..... Ah !
sans doute, Agathon ! voilà une étrange
révolution dans tes principes, dont tu
dois t'accuser au tribunal de ta conscience, et qui est d'autant plus blâmable
qu'elle renversait les lois de la prudence,
et ces sublimes idées de vertu auxquelles
tu paraissais disposé à tout sacrifier dans
les momens de ton enthousiasme. Tu
n'es ici que parce que tu n'eus pas le
courage de rester fidèle à tes principes, ou
de te laisser conduire par les miens, lorsque ton expérience et la connaissance que

tu avais acquise des hommes t'eurent convaincu de leur efficacité. Le noble désir de ramener en Sicile le règne de Thémis et des lois te rendra la victime de tes ennemis, sans que tu aies acquis cette noble satisfaction de soi-même, ni le droit de paraître aux yeux de tes juges et du monde entier, avec la certitude de n'avoir jamais changé. Tu aurais pu t'épargner tous ces chagrins, mon cher Agathon, si, en te hasardant sur ce sentier dangereux, tu avais voulu te souvenir de la théorie que je te communiquai comme le résultat des recherches et des observations d'une vie longue et orageuse, de cette théorie dont je te fis part avec une cordialité et une franchise qui méritaient de ta part une meilleure réception. Ce qui vient de t'arriver prouve évidemment la justesse de mon système; et je te soumets avec d'autant plus de confiance l'application de mes maximes aux circonstances où tu t'es trouvé depuis ton départ de Smirne, que je suis convaincu que, si tu les avais suivies, elles t'auraient fait éviter toutes les fautes que tu as commises. »

Ici Hippias s'arrêta comme s'il avait voulu laisser à Agathon (qui paraissait perdu dans ses pensées) le temps de prendre conseil de son cœur. Mais soit qu'il fût venu dans l'intention d'en dire davantage, soit que son ancien attachement pour notre héros, qui continuait de baisser les yeux et de garder le silence, se réveillât en voyant le plus aimable et le plus généreux des mortels dans une position qui lui paraissait si humiliante, il reprit la parole, et s'avançant vers Agathon, dont il prenait la main, il lui dit d'un ton qui semblait partir du cœur : — « Pardonne, si je t'ai fait plus de mal que je ne voulais ! Je suis venu te trouver dans de bonnes intentions ; et, malgré les raisons dont j'aurais à me plaindre, si je voulais écouter certains souvenirs, je préfère m'abandonner au penchant qui m'attira vers toi dès le commencement

de notre connaissance. Réponds à mon
tendre attachement, et tout est oublié !
Donne-moi une part dans ton amitié,
et j'y répondrai par l'intérêt le plus tendre.
Nous retournerons ensemble à Smirne ;
ta société embellira le reste de ma vie ;
tu partageras mes richesses, et je te lais-
serai l'héritier de mes talens et de ma
fortune. »

En finissant ces mots, Hippias serra
la main qu'Agathon n'avait laissé prendre
qu'à regret, avec une chaleur qui semblait d'accord avec son visage, et qui
donnait encore plus de force à ses paroles.

« Que la singularité de mes offres ne
t'étonne pas, ajouta-t-il ; tu dois avoir
remarqué que je suis instruit de toutes
les circonstances qui ont précédé et accompagné ta disgrace. Je sais à quelle ex-
trémité tes ennemis peuvent se porter ;
mais j'ai du crédit sur l'esprit du roi,
j'en ai eu beaucoup sur la vertueuse Cléonisse, qui fut autrefois une de mes plus
ferventes prosélytes ; je puis beaucoup

sur les principaux habitans de Syracuse,
si nous sommes forcés de recourir à eux,
et tout me donne lieu de croire que je
pourrai facilement te réconcilier avec
Denys, et obtenir ta liberté, qui est le
premier objet de mes vœux. »

Agathon, plus touché qu'il ne l'aurait
voulu d'une offre aussi inattendue, retira
doucement la main que s'efforçait de retenir le sophiste, le pria, avec un regard
qui brillait à travers les larmes qui rou-
laient dans ses yeux, de se remettre à
sa place, et d'écouter à son tour ce qu'il
voulait lui dire dans la sincérité de son
cœur.

Hippias, qui croyait avoir fait une proposition qu'un insensé seul pouvait rejeter dans la position où se trouvait notre
héros, parut étonné de la sensibilité majestueuse qui régnait dans les yeux d'A-
gathon : il se mordit les lèvres sans rien
dire, lui laissa retirer sa main, se remit
à sa place, et écouta avec une distrac-
tion affectée ce que cet inconcevable fa-

natique allait opposer à une offre par laquelle il croyait avoir mérité toute sa
reconnaissance.

CHAPITRE XI.

Justification d'Agathon. Sa décla-
ration sur la proposition d'Hip-
pias.

« AVANT de me justifier à tes yeux,
Hippias, je dois convenir des desseins
que tu me supposes, lorsque je pris la
résolution de me consacrer au service de
Denys. Quelque extravagans que te paraissent les projets qui me conduisirent
à Syracuse, ils étaient nécessaires pour
détruire le charme qui m'attirait toujours
avec une force irrésistible vers Smirne,
lorsque je quittai les rives de l'Ionie. J'a-
vais besoin de l'essor que mon esprit
reçut dans ce dangereux moment par la
pensée de voir s'ouvrir devant moi une
nouvelle carrière, où j'appercevais le but
auquel la volupté m'empêchait depuis si

long-temps de parvenir. N'attribue pas
à l'orgueil ce que je vais te dire ; mais
celui qui, en sortant de la première jeunesse, sent en lui de telles dispositions,
doit-il se rebuter en songeant aux difficultés d'une telle entreprise, et calculer
en tremblant si ses forces lui permet-
tent de la tenter ? Si l'ambition, la vanité, ou d'autres causes peu libérales eurent part à mes projets, c'était sans doute
à mon insu. Mes motifs étaient purs,
mon but le plus noble auquel un mortel
puisse atteindre : je n'avais, ou du moins,
je ne croyais avoir d'autres intentions
que de produire tout le bien possible dans
l'étendue du cercle que traçaient mes
espérances. Ma raison et ma volonté ne
pouvaient me garantir le succès , et il
y aurait eu plus de lâcheté que de prudence à prévoir la fin de mon entreprise, en supposant que la chose eût été
possible. Celui qui travaille au bonheur
des autres avec des intentions pures, et
en sacrifiant ses goûts et son intérêt per-

sonnel, ne nuit qu'à lui-même, en com-
mettant des fautes, quelle que soit l'é-
tendue du théâtre sur lequel il se trouve.
Il dépend toujours de nous de ne faire
tort à personne, et de suivre ce que nous
croyons le plus avantageux aux circonstances; mais comment exiger d'un mortel qu'il ne se trompe jamais! J'ai commis bien des fautes pendant mon administration à Syracuse ; j'en ai commis
qu'un homme expérimenté aurait évi-
tées. Loin de moi l'idée de me tromper
moi-même, ou de vouloir paraître meilleur que je ne suis! mais une voix, dont
je reconnais trop bien la sévérité pour
la confondre avec celle de mon amour-
propre, m'absout intérieurement d'une
intention que je n'ai pas eue, ou d'une
négligence dont je ne suis pas coupable.
L'état dans lequel je me trouve ne prou-
ve-t-il pas mon innocence? Plus de docilité aux principes de ta sagesse m'auraient
épargné, dis-tu, les fausses démarches
qui m'ont conduit dans la situation où je

suis. Ah! sans doute! mais elle m'aurait rendu complice de ceux qui ne sont devenus mes ennemis que parce qu'ils n'avaient point envie de m'aider à faire le bien aux dépens de leur intérêt, et que je refusais de servir leur méchanceté.

« C'est précisément dans cette circonstance que tu crois que je me suis laissé tromper par l'ignorance où j'étais de la faiblesse de mes moyens. Tu prétends que je n'ai pas eu le courage de rester fidèle à mes principes. Selon toi, je balançais entre cette honnêteté dont je m'étais imposé la loi, et cette prudence, qui, dans ton système, doit former la vertu de l'homme sage. De là, la complaisance que tu me reproches pour les désordres du tyran; de là, cette mollesse et ce honteux accord dont je me suis rendu coupable avec *ce que j'appelle le crime.* En effet, Hippias, je suis bien criminel, si j'ai mérité ces accusations sans le reconnaître; et, tu m'as rendu le service le plus signalé, en sortant ma conscience du

sommeil dangereux où elle était plongée.
Je serais impardonnable de vouloir continuer plus long-temps à me tromper moi-
même ; mais, quelque grande que soit
l'amitié que tu me témoignes par un service aussi désintéressé, tu n'attends pas
sans doute que je reconnaisse des fautes
que j'ai la conviction de n'avoir pas commises, et dont m'absout le juge que je
porte dans mon cœur.

« Lorsque, dans l'incertitude de renoncer à mon plan, ou de transiger avec les
hommes corrompus auxquels j'avais affaire ; lorsque, dis-je, je crus qu'il ne serait pas impossible de réunir la prudence
à la probité, j'étais persuadé que l'impossibilité d'exécuter mes projets, sans
consentir à un peu d'indulgence, était
le seul motif qui me faisait agir ; et, permets-moi de te rappeler que mon intérêt particulier n'entrait pour rien dans
ces projets. Je me rassurai, en songeant
que ce n'était pas envers moi, mais envers les autres, que je cédais de la sé-

vérité de mes principes : il me paraissait
impossible d'éviter les sentiers et les dé-
tours nécessaires pour les ramener vers
un but dont ils s'étaient écartés. Telle
était, Hippias, la seule cause de la mollesse et des demi-mesures que tu me reproches. Mais je te prie de ne pas oublier que je n'avais, ni ne pouvais avoir
d'autres ennemis que ceux du bien que
je voulais faire, parce qu'il ne pouvait
convenir à leurs vues. Je ne voyais que
deux moyens : il fallait abandonner la
cour, ou se charger du rôle qu'Hippias
aurait rempli à ma place. Je rejetai le
premier, ne voulant pas renoncer si facilement à mes espérances, et je n'a-
doptai pas l'autre, parce que je ne pouvais me résoudre à cesser d'être Agathon.
— Tu prétends qu'il en était un troisiè-
me : c'était de persister dans mes principes, de tout sacrifier à la vertu. C'est-à-
dire, si je t'ai bien compris, que j'aurais
dû considérer la place que j'occupais à
la cour de Denys comme une arène, où

il fallait combattre jusqu'à la mort , et ne la quitter qu'après avoir mis tous mes adversaires hors de combat. Mais le sage Hippias m'impose des obligations auxquelles Platon lui-même ne s'est pas cru obligé, et que le sévère Dion n'a voulu remplir que lorsqu'il a vu qu'il ne lui restait plus d'autre moyen de sauver la Sicile, et de venger les offenses qu'on lui avait faites. Si tu es bien informé des circonstances qui m'ont engagé à me charger des affaires de Denys et des Syracusains, tu dois voir qu'un tel moyen ne pouvait convenir à un homme qui a la prétention d'être raisonnable, avant qu'il ait été forcé de renoncer à tout espoir de ramener Denys et ses conseillers par l'expérience qu'il a acquise de leur caractère. Ce n'est qu'après que ce grand maître, qui nous fait payer si chèrement ses leçons, m'eût convaincu que tous les tempéramens étaient inutiles, que je me décidai à prendre un parti par lequel tu voulais que je débutasse,

et qui m'a conduit ici, *sans doute par
hasard.* Mon projet ne réussit pas; mais
mon cœur ne me fait point les reproches que m'adresse Hippias. Si l'opinion
que j'avais de Dion a changé, si j'ai consenti à une liaison que j'avais évitée autrefois, ce n'est pas le hasard qui m'a
déterminé : c'est parce que les circonstances ont changé, et qu'il ne me restait
d'autre moyen de sauver la Sicile, que
de m'unir avec Dion, non pas contre
le roi, mais contre ceux qui abusaient
indignement de sa confiance.

« Le motif qui t'amène fait que je
m'efforce de paraître à tes yeux tel que
je parais aux miens; mais, je le répète,
je ne veux pas passer pour meilleur que
je ne suis, et je vais continuer de te
parler avec franchise. Ta visite m'est
plus avantageuse que tu ne l'imagines.
Lorsque tu es entré, j'ai cru voir un mauvais génie : quelle était mon erreur! je
crois, au contraire, que c'est mon bon
génie qui a pris ta figure pour dissiper

une erreur où mon amour-propre commençait à m'entraîner. Tu avais bien raison de le dire, Hippias, un cœur comme
le mien n'est pas né pour la cour. Que j'é-
tais insensé de vouloir faire le Mentor de
Denys, en jouant de la cythare! J'ai été sé-
duit par la beauté, par la grandeur et par
l'utilité de mes projets. Je ne connaissais
pas assez les hommes, et je me fiais trop
à moi-même. J'avais tort de croire que
la pureté de mes intentions, mon exemple et mes efforts, arrêteraient la corruption de leurs mœurs. Je n'apperçus pas
combien l'art de cacher leurs vices leur
donnait d'avantages sur moi; qu'un homme tel qu'Agathon devait toujours être
trompé à la cour d'un Denys; et, comme
tu l'as judicieusement remarqué, qu'il
est bien plus facile à un homme honnête
de perdre insensiblement de son caractère en voulant réformer les autres, que
de parvenir à changer le leur, par la nécessité où il est sans cesse de se mettre
à leur portée.

« Qu'il est singulier que ce soit Hippias qui m'ait ouvert les yeux sur les
dangers que j'ignorais dans la sincérité
de mon cœur! C'est à présent seulement
que je commence à sentir l'avantage que
mes ennemis avaient sur moi; car je ne
puis m'empêcher de voir que l'habitude
de fréquenter de telles gens commençait
à me paraître aussi agréable que je l'aurais trouvée odieuse lorsque je vivais à
Smirne dans le délire enchanteur que
m'avait inspiré Danaé. Mon cœur se fa-
çonnait insensiblement à la dissimulation. A combien de déguisemens n'ai-je
pas été obligé de recourir! Que d'adresse
il fallait employer! Ah! comment est-il
possible que la violence que j'étais obligé
de me faire tous les jours n'ait pas détruit
plus tôt mes principes les plus chers?

« Tu vois que je ne cherche pas à
t'en imposer sur mes fautes; et il me
semble, Hippias, que la sincérité de ces
aveux suffirait pour te prouver que ma
justification est sincère, si les faits ne

parlaient pour moi. Cependant, comme
je veux que ma confession soit entière,
j'ajouterai encore que l'ingratitude avec
laquelle Denys récompense mes services,
et je puis dire aussi l'amitié que je res-
sentais pour lui, que le chagrin de m'être
aussi cruellement trompé dans la bonne
opinion que j'avois de ce prince, et d'avoir
vu s'évanouir mes plus belles espérances
par les indignes menées de ses courtisans,
ont réveillé toutes mes passions; qu'elles
ont fermenté dans mon sein pendant la
solitude d'un emprisonnement auquel
j'étais si loin de m'attendre; qu'une
sombre mélancolie s'est emparée de mon
cœur; qu'elle a obscurci ma raison, et
m'a fait douter que le monde fût gouverné par les lois d'une sagesse divine.
Dans mon désespoir, je regrettai d'avoir
fait tant de sacrifices pour le bonheur des
hommes; tes principes, Hippias, commencèrent à prendre du crédit sur moi,
et je considérai sous un jour favorable
ta morale égoïste, qui, j'en conviens, est

fondée sur l'expérience. Ces erreurs me persuadent que l'air empesté d'une cour corrompue a altéré, sans que je m'en apperçusse, la santé de mon ame, et que j'étais sur le point de perdre le bien le plus précieux, le seul qui puisse consoler l'homme de la perte des autres.

« J'étais dans ces dispositions lorsque ton apparition subite, ta compassion, la sévérité de ta critique, l'aigreur avec laquelle tu as jugé mes intentions et ma conduite à la cour de Denys, et, plus que tout cela, peut-être, l'offre généreuse d'où dépend ma liberté, et, selon toi, le bonheur de ma vie, ont produit un changement dans mon ame, qui t'a rendu, malgré toi, le plus grand de mes bienfaiteurs. Ta présence rétablit sur-le-champ les anciens rapports qui existaient entre nous : j'ai senti que j'étais le même Agathon que tu laissas dans ta maison de Smirne, lorsque tu fus concerter avec Danaé un complot qui n'a pas réussi aussi parfaitement que tu l'avais supposé. L'astucieuse ri-

gueur de tes jugemens opéra sur moi
plus que tu ne le desirais, et me devint
doublement salutaire : elle me convainquit que toutes mes volontés avaient été
justes et mes intentions pures. Mais, au
milieu des efforts que je faisais pour justifier ma conduite à Syracuse des accusations dont tu me chargeais, j'apperçus
les filets où ma vanité et mon trop de
confiance cherchaient à m'envelopper; et
tandis que mon cœur m'assurait que je
n'avais jamais été aussi faible que tu le
prétendais, il me disait aussi que je n'étais
pas aussi irréprochable que mon amour-
propre cherchait à me le persuader.

« Puisque tu as la patience de m'é-
couter tranquillement, Hippias, reçois
ma ferme et dernière résolution. Si ton
offre est sincère, elle mérite la plus vive
reconnaissance; mais je ne puis l'accepter. Il existe *un abyme* entre nous, qui
nous séparera aussi long-temps que chacun de nous restera ce qu'il est. Mon
expérience, mes erreurs, mes fautes

mêmes ont épuré mon cœur , l'ont af-
fermi dans ses principes, et m'ont éclairé
davantage sur la dignité de ma nature,
et sur le but de mon existence. Jamais
je n'ai senti d'une manière plus intime
cette vérité bienfaisante qui me per-
suade que mon seul intérêt est de sacrifier mes passions, mes desirs et mes espérances, au bonheur d'une conscience
pure; que rien ne doit m'écarter d'un
but aussi noble, ni me faire desirer une
existence différente de celle que la pro-
vidence me destine. Ce n'est qu'en écou-
tant les instigations de mon amour propre,
qui, mécontent d'avoir vu détruire son
ouvrage, voulait m'engager à venger cet
attentat sur l'humanité entière , que mon
ame descendit au-dessous d'elle-même,
et oublia qu'il était de son essence de
vouloir toujours le bien, de l'exécuter
sans calculer sa durée, et sans examiner
s'il devait lui revenir de la reconnaissance ou de l'ingratitude, de la gloire ou
de la honte. Voilà ce que je nomme la

vertu. Je lui jure, en ta présence, la fidélité la plus inviolable : résolu de fournir
courageusement ma carrière, quand je
devrais éprouver des malheurs plus
grands que ceux que j'ai déjà essuyés. »

Agathon cessa de parler, et Hippias,
qui l'avait écouté d'un air assez distrait,
se leva, et lui dit avec cette aisance qui
lui était naturelle :

« Nous allons donc nous séparer pour
toujours ! Il le faut bien, puisque tu le
veux ! Quelqu'étonnant que ton fanatisme
paraisse à mes yeux, je le crois digne
d'un meilleur sort. J'honore ta franchise,
et je te quitte sans rancune. Mon séjour
à Syracuse ne sera pas long : la cour du
tyran ne me convient pas mieux qu'à
toi, et je suis heureux de n'avoir pas
besoin de lui. Si l'occasion se présente de
te témoigner l'intérêt que tu m'inspires,
l'abyme qui nous sépare ne m'em-
pêchera pas de me livrer au sentiment
qui a dicté la proposition que tu viens
de refuser. » — En disant ces mots, il

prit la main qu'Agathon lui offrait, la serra doucement, et s'éloigna aussi satisfait en apparence, que lorsqu'il était entré.

Nous laissons le lecteur deviner ce qui se passa dans l'ame de notre héros après le départ du sophiste, et nous le faisons avec d'autant plus de plaisir, que nous retrouvons Agathon dans une route qu'il commençait à perdre de vue : jamais son cœur n'avait éprouvé une satisfaction plus intime. Toutes les réflexions que lui fit faire une visite aussi importante, fortifièrent dans son ame la noble résolution qui avait éloigné le séducteur Hippias.

CHAPITRE XII.

Agathon est remis en liberté. Il abandonne la Sicile.

CEPENDANT les amis d'Agathon craignaient d'autant plus pour ses jours, qu'ils connaissaient la méchanceté de ses

3.   6

ennemis, leur crédit sur l'esprit du roi,
et la faiblesse de ce dernier ; mais on les
observait de trop près, pour qu'ils espé-
rassent de réussir dans Syracuse. Loin
de risquer un soulèvement dont les suites
ne pouvaient qu'être dangereuses, ils
employèrent en secret tout ce qui pouvait contribuer à l'élargissement de notre
héros. Dans ces circonstances, Dion donna une preuve de sa générosité en écrivant à Denys qu'il s'engageait à congédier les troupes qu'il avait levées, et à
tenir son rappel de la générosité du roi,
s'il consentait à la liberté d'Agathon,
qui n'avait commis d'autre crime que
de s'intéresser à son retour dans sa patrie. Malgré la noblesse de cette démarche
et l'avantage qu'elle promettait à Denys,
elle n'eût pas été d'un grand secours à
Agathon, si ses amis d'Italie ne s'étaient
empressés d'offrir au tyran un intérêt plus
pressant encore.

Il arriva à Syracuse des ambassadeurs
de Tarente, pour demander la liberté

de notre héros au nom d'Archytas, chef
de cette république. Ces ambassadeurs
étaient chargés d'annoncer à Denys que
les Tarentins seraient forcés de joindre
leurs forces à celles de Dion, dans le
cas où le roi refuserait plus long-temps
de rendre à tous deux la justice qui leur
était due. Denys connaissait trop bien
le caractère d'Archytas, pour douter un
moment de la sincérité de cette menace,
dont les conséquences lui paraissaient
redoutables. Il crut se tirer d'embarras
si, en consentant à la délivrance d'Agathon, il se contentait de faire espérer
une réconciliation avec son beau-frère.
Mais Agathon déclara qu'il ne voulait
point recevoir sa liberté comme une
grace, ni la devoir aux instances de ses
amis. Il demanda que les crimes dont on
l'accusait fussent prouvés en présence de
Denys, des ambassadeurs de Tarente,
et des principaux de Syracuse ; que l'in-
formation fût publique, ainsi que sa justification, et qu'on prononçât son juge-

ment d'après les lois établies. Comme il savait que ses ennemis n'avaient pas de preuves suffisantes contre lui, il ne risquait rien d'insister sur ces demandes. Elles embarrassèrent beaucoup Cléonisse, Philistus, et sur-tout Denys; et, comme les ambassadeurs ne voulaient pas leur laisser le temps de traîner les choses en longueur, on fut obligé de déclarer publiquement *que les apparences avaient fait croire qu'Agathon avait pris part à une conjuration contre le roi, et que cette raison seule l'avait fait arrêter.* Cependant on consentait à le remettre en liberté aussitôt qu'il se serait engagé par serment, et sous la garantie des Tarentins, à ne rien entreprendre à l'avenir contre Denys. L'empressement avec lequel les envoyés acceptèrent cette proposition prouva qu'Agathon ne devait sa liberté qu'au seul Archytas; et nous découvrirons bientôt les motifs qui engagèrent le chef de la république de Tarente à se mêler avec

tant de chaleur d'une cause qui n'inté-
ressait pas immédiatement cette république.

Agathon ne voulait pas la devoir à une
faiblesse. On eut de la peine à lui persuader de faire une déclaration, qui pouvait paraître comme une espèce d'abandon et de renonciation au parti qu'il avait
embrassé; mais, dans la circonstance où
il se trouvait, une délicatesse mal-enten-
due devait faire place à des considérations plus solides. Le refus d'un accord,
si juste en apparence, pouvait devenir
dangereux pour lui, sans procurer le
moindre avantage à son parti. Denys aurait plutôt consenti à se défaire d'Agathon, que de souffrir qu'il recouvrât sa
liberté pour augmenter le parti de Dion
d'un homme important à qui le desir de
la vengeance devait donner de nouvelles
forces. Les Tarentins lui firent un tableau
si touchant de la vie tranquille dont il
jouirait dans leur patrie et dans la société
de ses amis, qu'ils augmentèrent l'effet

que l'état d'inquiétude et de peine dans
lequel il vivait depuis quelque temps devait avoir préparé dans un cœur comme
le sien. Il prit autant d'éloignement pour
la vie active qu'il en avait éprouvé après
son bannissement d'Athènes, et retrouva
cet ancien penchant pour la vie contém-
plative, qu'il avait conservé dans les
bosquets de Delphes. Ces dispositions le
déterminèrent ainsi à une démarche qui
fut regardée comme une lâcheté par les
partisans de Dion, tandis qu'elle était la
seule qui lui restât dans les circonstances
présentes.

Que de tristes momens! que de chagrins il se serait épargnés, ainsi qu'à ses
amis, s'il avait suivi les conseils du sage
Aristippe!

La preuve la plus sûre du désintéressement d'un ministre, c'est lorsqu'il
quitte le ministère sans être plus riche
que lorsqu'il y était entré. Agathon, sans
cesse occupé du bonheur des autres, et
de la prospérité de la Sicile, avait si peu

songé à sa fortune, qu'il serait sorti de Syracuse aussi pauvre que lorsqu'il fut banni d'Athènes, s'il n'était rentré dans une partie de ses biens au moment où il parvint à une dignité qui parut d'une grande importance à tous les états de la Grèce. La politique obligeait alors les Athéniens d'avoir recours à l'amitié de Denys. Ils crurent que le moyen le plus sûr d'y parvenir était de rendre un décret qui cassait la procédure que l'on avait faite contre Agathon, et qui condamnait le parent qui l'avait dépouillé à lui rendre l'héritage dont il jouissait. Ils lui firent remettre ce décret par leurs envoyés à Syracuse. Agathon avait eu la générosité de n'en accepter que la moitié : elle n'eût pas été suffisante sans doute pour les besoins d'un Alcibiade ou d'un Hippias ; mais elle suffisait pour procurer au sage Agathon toutes les commodités de la vie.

À peine fut-il libre, qu'il ne resta à Syracuse que le temps nécessaire pour

voir ses amis. Denys, qui avait la prétention de savoir vivre, et de mettre les
procédés de son côté, voulut qu'Agathon
prît congé de lui en présence de toute la
cour ; et, renouvelant alors la scène qu'il
avait jouée avec Platon, il accabla notre
héros de louanges et de caresses, croyant
acquérir la réputation d'un grand politique s'il feignait de le laisser partir à regret, et s'il le traitait en ami. Agathon
eut la complaisance de se prêter à cette
comédie. Il partit avec les envoyés de
Tarente, jugé par tous les Syracusains,
blâmé du plus grand nombre, méconnu
de la plupart de ceux-mêmes qui avaient
bonne opinion de lui, chéri et regretté
des honnêtes gens, et quitta une ville et
un pays où il avait la satisfaction de laisser
bien des monumens de sa glorieuse administration, et dont il n'emportait qu'une
longue suite d'expériences qui le confirmèrent dans la résolution de ne plus
s'exposer à en faire de pareilles.

LIVRE XIII.

Agathon va à Tarente. Il est reçu dans la famille d'Archytas, et retrouve deux per-sonnes qui lui sont chères.

CHAPITRE PREMIER.

Archytas et les Tarentins. Carac-tère d'un homme d'état.

Archytas de Tarente, dont les pres-santes sollicitations et la puissante entre-mise avaient tiré Agathon des mains de ses ennemis de Syracuse, avait été l'in-time ami de son père Stratonicus. Leurs familles étaient unies depuis long-temps par les liens sacrés de l'hospitalité. La réputation du philosophe de Tarente s'é-tendait chez tous les peuples policés. Digne successeur de Pythagore, il con-naissait les secrets de la nature, des sciences et des arts. Homme d'état, po-

6*

litique habile, heureux et grand dans la
guerre, et, ce qui est plus glorieux encore, honnête homme dans toute l'acception du mot, ses qualités lui avaient
acquis depuis long-temps l'estime générale, et principalement celle d'Agathon.
Critolaüs, le plus jeune de ses fils, avait
passé deux ans à Athènes dans la maison
de notre héros, lorsque celui-ci avait tant
de pouvoir sur l'esprit des Athéniens. Ils
avaient eu l'un pour l'autre l'amitié la
plus vive; sentiment qui, dans les grandes
ames, ne s'éteint qu'avec la vie. Plusieurs
circonstances avaient interrompu leur
liaison; mais à peine Agathon eut-il pris
la résolution d'offrir ses services à Denys,
que son premier soin fut de rétablir une
correspondance qui lui avait été si précieuse. Durant son administration, il
avait souvent eu recours à l'expérience
du sage Archytas; et les rapports qui
unissaient les Tarentins aux Syracusains
lui avaient fourni plus d'une occasion
d'être utile aux premiers. Dans des cir-

constances où il se trouvait, il est facile
de penser qu'il n'avait pu résister aux
sollicitations de son ami Critolaüs, qui
l'engageait à se rendre près de lui ; d'autant que la reconnaissance pour son li-
bérateur Archytas ne lui permettait pas
de choisir un autre séjour.

Il était impossible qu'Agathon trouvât
un endroit plus convenable à la situation
de son ame, que la ville de Tarente. Cette
république était alors dans un état où
tout véritable républicain doit desirer de
voir la sienne. Trop petite pour avoir
des projets d'agrandissement, trop puissante pour craindre ceux de ses voisins,
trop faible pour chercher son avantage
ailleurs que dans le commerce, les arts
et la paix, elle était assez forte pour ne
pas souffrir dans son sein des ennemis
dangereux, qu'on rencontre rarement
dans un petit état.

Archytas avait été nommé sept fois
suprême magistrat de la république, et,
pendant plus de trente ans, les Tarentins

s'étaient si bien accoutumés aux lois
sages qu'il leur avait données, que l'empire des mœurs semblait les gouverner
plus encore que le pouvoir des lois. Les
manufactures et le commerce occupaient
la plus grande partie de ce peuple. Il n'a-
vait pas une extrême considération pour
les sciences et les arts; mais il s'en fallait
bien qu'il les méprisât. Cette espèce d'indifférence le préservait des fautes et des
écarts des Athéniens, chez qui l'homme
le plus riche, comme celui de la plus basse
extraction, se croyait orateur, philosophe, connaisseur éclairé des arts, et sur-
tout un personnage très-important. Les
Tarentins étaient bons, simples, actifs,
laborieux, économes, ennemis du luxe
et des superfluités; humains, affables,
hospitaliers; détestant l'enflure, les futi-
lités, la dissimulation et les manières;
amis du naturel et des bonnes mœurs,
s'attachant plus à la matière qu'à la forme, ne concevant pas qu'on préfère un
vase bien ciselé d'airain de Corinthe, à

un vase d'argent grossièrement travaillé,
et qu'un fou soit aimable, parce qu'il est
bien fait. Ils aimaient la liberté, non
comme une maîtresse, mais comme une
épouse, sans passion et sans jalousie. Ils
accordaient une juste confiance à ceux
qu'ils avaient chargés de l'administration
de l'état; mais ils exigeaient auparavant
qu'on l'eût méritée. L'assiduité, l'ordre
et l'amour du travail qui régnaient chez
ce peuple estimable et fortuné, cet esprit
le plus heureux, le plus bienfaisant que
le ciel ait donné aux hommes, faisaient
qu'on s'occupait moins des autres qu'on
a coutume de le faire dans les petites
villes. Chacun pouvait vivre à sa fantaisie, pourvu qu'il ne fît rien de contraire
aux lois, et qu'il n'offensât pas les mœurs
publiques. Tous ces traits réunis formaient, comme on le voit, une bonne
espèce de républicains, et il était difficile
qu'Agathon trouvât un asile plus propre
à adoucir l'opinion défavorable qu'il avait
de toutes les républiques.

Les Tarentins avaient aussi leurs défauts comme les autres habitans du monde; mais le sage Archytas, qui avait fait
prendre à leur caractère national une
forme constante et assurée, savait conduire avec tant de prudence le tempérament de ce peuple , que l'heureux
mélange de ses défauts et de ses vertus
faisait disparaître les premiers; art nécessaire! le plus grand peut-être que doive
posséder un législateur; et dont nous re-
commandons l'étude à ceux qui se croient
assez de talent pour donner la solution
de ce problême dificile : *Quelles sont
les meilleures lois dans des circonstances données ?*

La première personne qu'Agathon
apperçut sur les rives de l'Italie fut son
ami Critolaüs, qui accourait à sa rencontre, suivi des principaux jeunes géns
de Tarente, pour le conduire en triomphe dans une ville qui se trouvait flattée
qu'un homme tel qu'Agathon l'eût choisie
pour y faire son séjour. L'air délicieux

qu'on respire sous un ciel pur, l'aspect
d'un des plus beaux pays du monde, la
vue plus agréable encore d'un ami qui
l'aimait si tendrement, lui firent oublier
bientôt les désagrémens qu'il avait eus en
Sicile, et tous les malheurs de sa vie. Un
doux pressentiment du bonheur qui l'attendait sur cette terre qu'il venait de
toucher, répandit un charme indéfinissable sur tout son être. Ce n'était pas
précisément cette volupté vague qui s'empare de tous les sens, ce sentiment enchanteur et rare qui pénètre notre ame
d'un enthousiasme involontaire, et ne lui
permet pas de résister au penchant qui
l'attire. Il n'était plus dans ce court, mais
précieux instant de la vie, où sa plénitude expansive étend, pour ainsi dire,
notre être par toutes nos sensations, et
embellit à nos yeux la nature entière du
charme de notre existence ; cet inesti-
mable avantage de la première jeunesse
se perd avec les années, et s'évanouit pour
toujours ! mais il éprouvait quelque chose

d'à peu près semblable. Son ame paraissait se dégager de tous les nuages qui l'a-
vaient obscurcie jusqu'alors, et le prépa-
rait aux nobles sentimens qu'il devait
éprouver dans cette nouvelle période de
sa vie.

Agathon assurait souvent qu'un des
plaisirs les plus doux qu'il eût éprouvés,
fut celui où il vit pour la première fois
Archytas. Ce respectable vieillard devait
à la nature et à une grande tempérance,
qui fut toujours une des principales vertus
de son caractère, l'avantage de jouir de
toutes ses forces dans un âge avancé,
chose bien moins rare parmi les anciens
Grecs, que chez la plupart des peuples
de l'Europe.

Quoique l'imagination de notre héros
fût bien refroidie, il ne put s'empêcher
de trouver quelque chose d'idéal dans ce
mélange de grace et de majesté qui se
répandait sur toute la personne de cet aimable vieillard Cette idée le frappait d'autant plus, qu'Archytas formait un con-

traste parfait avec ceux qu'Agathon venait de quitter. La cause en était simple ; elle n'existait pas dans son imagination, mais bien réellement dans l'objet qui s'offrait à ses yeux. Qu'on se représente un homme d'une haute stature, qui annonce à la première vue qu'il est né pour gouverner les autres, et dont les cheveux blancs n'empêchent pas de croire qu'il n'ait eu une très-belle figure. Chacun se souvient sans doute d'en avoir rencontré de pareils ; mais ce qu'on ne rencontre guère, c'est un homme qui ait été vertueux dans toutes les circonstances, chez qui une longue suite d'années a perfectionné la sagesse ; dont la tranquillité, la pureté de l'ame, la bonté du cœur, la conscience d'une vie sans tache, remplie de belles actions et de glorieux faits, se peignent dans ses regards, sur son front majestueux, avec une vérité, une force d'expression dont on est obligé d'éprouver le pouvoir. Tel était le beau idéal qui avait fait tant d'impression sur notre héros, tel était Archytas.

La première vue suffit à Agathon pour le convaincre qu'il venait enfin de trouver l'objet de ses vœux tant de fois superflus, sans qu'il ait jamais remarqué qu'Archytas ait démenti en aucune manière l'idée qu'il avait prise de son caractère. En effet, Archytas était un véritable sage, un homme qui n'avait pas la prétention de paraître ce qu'il n'était pas, et chez qui l'œil le plus perçant et le plus sévère ne pouvait découvrir de véritable faiblesse. On eût dit que la nature s'était servie de lui pour prouver que la sagesse s'acquiert moins qu'elle ne se donne, et que s'il appartient à l'éducation et à l'art de corriger un mauvais naturel, et de faire, sous le bon plaisir des dieux, un Socrate d'un Silène, il n'appartient qu'à la nature de produire cette heureuse disposition des élémens de l'humanité, qui, dans un concours de circonstances favorables, peut produire cette harmonie complète des forces et des mouvemens de l'homme, sources intarissables de vertus et de sagesse. Archytas n'avait jamais eu une imagination brûlante, ni des passions vives. Dès sa plus grande jeunesse, son énergie naturelle avait modéré l'effet des objets sur son ame. Les impressions qu'ils faisaient sur lui avaient assez de clarté et de force pour remplir sa raison d'images véritables, et pour le préserver du trouble qu'éprouvent ordinairement ceux qui n'ont que des sensations incertaines et vacillantes. Ces images n'étaient point accompagnées de secousses aussi violentes qu'éprouvent certaines gens qui s'enthousiasment facilement pour la poésie et les arts, et qui paient bien cher le douteux avantage d'une imagination exaltée, et d'un cœur trop sensible. C'était à l'absence de cette prérogative, aussi brillante que peu digne d'envie, qu'Archytas devait l'ordre et la paix qui régnaient dans son ame; il lui devait d'être toujours maître de lui, au lieu de se laisser dominer par ses idées et par

ses sensations ; et il ne connaissait que par
l'expérience des autres ce désordre de
l'esprit et du cœur que la foule enthousiaste des héros , des poètes et des artistes,
connaissent assez par la leur. Ajoutez à
cela, qu'élevé dans les principes de la philosophie de Pythagore, de cette philosophie qui produisit dans la tête de mille
autres un mélange bizarre d'erreurs et
de vérité, il sut, à l'aide d'une suite de
réflexions et d'expériences, former un
système d'idées pratiques, aussi simples
qu'utiles ; système plus conforme qu'aucun autre à la vérité, qui ennoblit l'homme
sans l'enorgueillir, et le prépare à une
nouvelle vie, sans le rendre étranger et
inutile à celle-ci.

La preuve la plus sûre de la bonté de
la philosophie d'Archytas est le caractère
moral que s'accordent à lui donner les anciens. Cet accord général serait trompeur sans doute, s'il était question d'un
système de spéculations métaphysiques ;
mais la philosophie d'Archytas était entiè-

rement pratique. L'exemple de tant de
génies qui avaient eu le malheur de s'é-
garer au-delà des bornes de la raison,
humaine ne l'aurait peut-être pas empêché de commettre les mêmes fautes, s'il
avait eu plus d'orgueil et moins de sagesse ; mais il laissa les spéculations à son
ami Platon, et borna ses efforts à la recherche des objets purement intellectuels,
et des vérités simples ; de ces vérités
senties par tout le monde, confirmées
par la raison, et dont l'influence bienfaisante sur le bien particulier et général prouve suffisamment la valeur.

La vie d'un tel homme, offre une garantie sûre de la bonté de ses opinions.
Archytas joignait à toutes les vertus publiques et privées la plus belle, la plus
sublime de toutes ; celle qui a pour but
le bien général dont la nature se sert pour
unir tous les hommes. Il jouit du rare
bonheur que la conduite irréprochable
de sa vie, la modestie avec laquelle il
adoucissait l'éclat d'un si grand mérite,

la modération avec laquelle il usa de
sa puissance, désarmèrent enfin l'envie,
et lui gagnèrent si bien l'amour des Tarentins, que, quoique son grand âge l'eût
engagé à quitter les affaires, on le regarda
jusqu'à sa mort comme l'ame des conseils et le père de la patrie. Il ne lui manquait, pour être roi, que d'avoir les mar-
ques extérieures de la royauté. Jamais
despote n'eut un pouvoir plus absolu sur
ses esclaves, jamais père ne fut plus tendrement aimé de ses enfans. Heureux le
peuple qui est gouverné par un Archytas, et qui connaît son bonheur ! Heureux Agathon de trouver, dans un tel
homme, un protecteur, un ami et un
second père !

CHAPITRE II.

Une découverte imprévue.

Archytas avait deux fils remplis de
belles qualités, et qui s'efforçaient à l'envi de faire le bonheur de sa vieillesse.

Cette heureuse famille vivait dans une harmonie qui parut à Agathon l'image de l'innocence et de la simplicité de l'âge d'or. Jamais il n'avait vu régner autant d'ordre, une union plus parfaite, un plus bel ensemble, que dans la maison du sage Archytas. Tous ceux qui l'habitaient, jusqu'aux derniers domestiques, étaient dignes de celui qui en était le chef. Chacun semblait né pour l'emploi qu'il remplissait. On peut dire qu'Archytas n'avait point d'esclave. Le maintien libre, mais décent de ses domestiques, la gaieté, l'exactitude, le zèle qu'ils mettaient à remplir leurs devoirs, la confiance qu'on avait en eux, prouvaient qu'il avait trouvé le secret d'inspirer de l'honneur et de la délicatesse à ces êtres sauvages. La manière dont ils faisaient leur service, celle dont on se conduisait avec eux, leur faisaient oublier ce que leur état avait de désagréable et d'humiliant. Ils étaient fiers de servir un aussi bon maître, et il n'y en avait pas un qui eût voulu obte-

nir sa liberté sous les conditions les plus
avantageuses, s'il avait fallu renoncer au
bonheur de vivre dans la maison d'Archytas. La satisfaction qu'ils éprouvaient
brillait dans leurs yeux. On n'y apperce-
vait pas cette insolente fierté qui distingue ordinairement la foule oisive des gens
d'une grande maison. Tous étaient occupés, mais sans bruit, sans ce désordre
qui annonce la marche embarrassée de
la machine : la maison d'Archytas ressemblait à l'économie du corps animal,
dans lequel toutes les parties travaillent
sans cesse sans qu'on apperçoive de mouvement lorsque l'extérieur est tranquille.

Agathon n'était pas encore revenu de
l'agréable surprise qui devait s'augmenter
à chaque instant dans une famille aussi
rare, lorsqu'elle parvint à son comble,
par une découverte à laquelle il était loin
de s'attendre, et qui lui fit prendre tout
ce qu'il voyait pour un songe. On sait
que le *gynacée*, ou la partie de la maison, qui, chez les Grecs, était habitée par

les femmes, était interdite aux étrangers
que l'on recevait chez soi, comme les
harems de l'Orient le sont à tous les hommes. Mais Agathon n'était pas étranger
dans la maison d'Archytas : après avoir
causé quelques momens avec lui, cet aimable vieillard, accompagné de ses deux
fils, le conduisit dans le *gynacée*, afin,
disait-il, de ne pas priver plus long-temps
ses filles du plaisir qu'elles auraient à le
voir.

Qu'on se représente, s'il est possible,
le trouble et le doux effroi d'Agathon
lorsqu'il reconnut sa Psyché dans la première personne qui s'offrit à ses yeux. De
telles situations se sentent, mais ne se
peignent pas. Cette apparition était si
inattendue, qu'il crut d'abord s'être trompé, et que le hasard avait formé la res-
semblance qui se trouvait entre cette
jeune dame et Psyché. Il s'arrêta, la considéra de nouveau; mais, quand il n'aurait pas voulu en croire ses yeux, ce qui
se passait dans son cœur ne pouvait lui

laisser de doute à cet égard. Cependant,
quelle vraisemblance ! comment croire,
qu'il retrouvait Psyché après une si longue séparation, et qu'il la retrouvait dans
la maison de son ami !

Une autre pensée, très-naturelle dans
la circonstance où il se trouvait, vint
encore augmenter son embarras, et l'empêcha de se livrer au plaisir que lui inspirait une rencontre aussi imprévue. Psyché ne semblait pas une esclave de la
maison, ne pouvait-elle pas être l'épouse
d'un des fils d'Archytas?... Il aurait pu
penser aussi que c'était une fille que ce
vieillard avait retrouvée en elle; mais, en
pareil cas, on se figure toujours ce que
l'on craint le plus. — En effet, il avait
deviné juste : Psyché était, depuis quelque mois, la femme de son ami Critolaüs.

Le lecteur verra du premier coup-
d'œil que cette circonstance nous donne
une belle occasion de faire une descrip-
tion touchante, et même une scène tragique. Quelle situation ! Retrouver enfin,

après une longue et cruelle séparation,
l'objet des plus tendres penchans de son
cœur ; le retrouver, mais dans les bras
d'un autre !... que de motifs pour se plaindre, pour déployer tous les sentimens de
la jalousie, de la fureur et de la vengeance ! Combien d'auteurs voudraient
être à notre place !

Heureusement pour nous et pour
notre héros, les témoins de cette scène
n'étaient pas assez partisans du pathétique pour se faire plus long-temps
un jeu cruel de son trouble : leur intention n'était que de jouir un moment
de sa surprise. La tendre Psyché s'apperçut de son embarras, elle voulut y
mettre un terme, vola vers lui les bras
ouverts ; et, tandis que des larmes de joie
coulaient de ses joues sur celles d'Agathon, elle ne cessa de lui donner un nom
qui justifiait ses caresses aux yeux mêmes
de son époux.

Si l'amour qu'elle lui inspira dans les
bosquets de Delphes avait été moins pur,

la découverte d'une sœur dans l'objet de
sa tendresse ne lui aurait pas été aussi
agréable que celle qu'il faisait dans ce
moment. On se rappellera sans doute
que l'attachement qui les unissait alors
tenait bien plus de celui que ressentent
les enfans d'une même mère, que de
cette passion commune qu'inspire la magie d'un autre sentiment. La leur avait
toujours été exempte des symptômes et
du délire de l'amour. Ils avaient toujours
goûté un plaisir inexprimable à croire,
que leurs ames étaient unies par les liens
de la fraternité, quoiqu'ils n'eussent aucun motif d'attribuer à la sympathie du
sang cette innocente supposition, et l'inclination qu'ils sentaient l'un pour l'autre.
Ainsi le bonheur d'Agathon passa toutes,
ses espérances, lorsque les éclaircisse-
mens qu'on lui donna ne lui permirent
plus de douter qu'il retrouvait une sœur,
qu'il avait crue morte, et qu'il se trouva,
par le mariage de cette sœur, membre
d'une famille pour laquelle il avait tant

d'attachement, qu'il n'aurait pu songer à l'idée de s'en séparer.

Peut-être quelques-unes de nos lectrices trouveront-elles qu'il ne manquait plus rien à son bonheur, que d'épouser une fille ou une nièce d'Archytas; mais, par malheur, Archytas n'avait ni fille ni nièce, et, quand il en aurait eu, aucune n'eût été assez intéressante pour lui faire oublier Danaé, dont le souvenir se présentait chaque jour avec plus de force à son imagination.

A Syracuse, ces souvenirs avaient déjà repris de l'empire sur son ame, dans les momens où elle était livrée à la mélancolie. Le chagrin qu'il ressentit dans les derniers temps de son séjour en Sicile le força de comparer son état présent avec celui qu'il venait de quitter, et ces comparaisons étaient toutes à l'avantage du dernier. Il se reprochait d'avoir abandonné la plus aimable des femmes, de n'avoir suivi que le premier mouvement d'un enthousiasme insensé, sur la simple

assertion d'un homme aussi méprisable
qu'Hippias ; accusation que Danaé aurait
pu détruire entièrement , s'il lui avait
donné le temps de se justifier. Ce sacrifice, qu'il regardait alors comme la plus
belle des victoires, comme une expia-
tion qu'il faisait à la vertu, lui semblait
à présent le comble de l'ingratitude. Son
cœur se brisait lorsqu'il songeait au bonheur dont il aurait pu jouir en unissant
son sort au sien , et son enthousiasme se
dissipait en songeant qu'il avait sacrifié
ce bonheur à des espérances chimériques.
Mais la crainte que sa lâche conduite
n'eût forcé la belle Danaé à le mépriser,
à le haïr, à maudire sa faiblesse et l'instant malheureux où elle l'avait connu,
remplissait son cœur d'amertume. Quelqu'offensée que fût Danaé , il était impossible qu'elle le haït aussi vivement qu'il
se détestait lui - même lorsqu'il s'aban-
donnait à ces réflexions.

L'heureux changement qui s'opéra en
lui lorsqu'il se vit dans le sein de la plus

aimable famille qui existât jamais tempéra la vivacité de ces souvenirs, et embellit de nouveau son imagination. Aurait-il retrouvé sa sœur, aurait-il eu l'avantage de connaître Archytas, s'il n'avait pas abandonné Danaé ? Les suites de son infidélité rendaient impossible le souhait de ne l'avoir pas commise; mais elles en faisaient naître une autre très-naturelle, d'après la vie qu'il menait à Tarente. Le calme et la sérénité qui se rétablissaient dans un cœur ouvert aux douces impressions qu'on se plaisait à lui faire éprouver, l'éloignement des affaires, les tendres soins de l'amitié, la félicité de son ami Critolaüs, qui semblait augmenter chaque jour par la possession de Psyché, le manque de distractions futiles, qui empêchent l'ame de jouir d'elle-même, de tout ce qui l'entoure, et dont les conséquences naturelles sont d'augmenter le charme de nos idées et de nos sensations; tout se réunissait pour rétablir un équilibre, que le souvenir d'une femme, autrefois si ché-

rie, ne dérangeait quelquefois que pour
lui faire éprouver la volupté d'une douce
mélancolie à laquelle son cœur s'aban-
donnait sans réserve. Pourrait-on lui en
vouloir qu'il désirât, dans ces momens,
que Danaé pût prouver son innocence,
et que l'impossibilité de retrouver un bien
qu'il s'était ravi lui-même si légérement,
et d'une façon aussi odieuse, lui donnât
une teinte de tristesse qui troublait quelquefois le charme de sa situation présente?
Nos maux augmentent lorsqu'on les renferme en soi-même ; il ne pouvoit se
résoudre à confier les siens aux seuls amis
qui auraient eu le droit de lire dans son
ame.

On devinera peut-être à quoi tous ces
raisonnemens doivent conduire.—« Quel-
« que vent favorable, une tempête obli-
« géante vont nous amener aussi Danaé!
« dira quelqu'un, sans qu'on sache com-
« ment et pourquoi, de même que la
« bonne Psyché se trouve transportée par
« un coup de baguette dans le gynacée

«du vieil Archytas! » —. Pourquoi pas,
puisque nous savons le plaisir que cette
réunion causerait à notre héros? Mais,
sans anticiper sur les événemens, nous
n'oublierons pas que nous devons rendre
compte de la manière dont Psyché, que
nous avons laissée dans les mains des pirates, est devenue la femme de Critolaüs et la sœur d'Agathon : un récit très-
succinct de ce qui lui arriva depuis ce
moment suffira pour satisfaire la curiosité du lecteur.

CHAPITRE III.

Aventures de Psyché.

Rien de plus malheureux qu'une hor-
rible tempête pour ceux qui ne sont séparés de la mer en furie que par l'épais-
seur d'une planche, et qui craignent à
chaque instant d'être engloutis dans ses
abymes ; mais, pour l'écrivain d'un roman ou d'une histoire héroïque, une
tempête est peut-être le plus heureux

7 *

événement dont il puisse se servir pour sortir d'embarras.

Ce fut donc une tempête (et nous espérons que personne ne le trouvera mauvais, car c'est la première qu'on trouve dans cette histoire) qui tira Psyché des terribles mains du pirate amoureux. Leur vaisseau fit naufrage sur les côtes de l'Italie, à quelques lieues de Capoue ; et l'aimable Psyché, protégée par les Néréides et par les Amours, fut la seule qui gagna la terre, portée vraisemblablement sur une planche que les zéphyrs poussaient vers le rivage. Les zéphyrs n'auraient pas suffi pour la sauver, si des pêcheurs, qui se trouvaient à portée, n'étaient accourus à son secours.

Rien de plus heureux sans doute que ce concours de circonstances; mais ce n'est rien en comparaison de ce qu'on va lire. Un de ces pêcheurs, qui avait un excellent naturel, porta dans sa cabane la belle naufragée dans les habits d'homme, qu'elle portait toujours. Elle avait grand

besoin de se sécher, et de se remettre de
la tourmente de la mer. La femme du
pêcheur, qui paraissait encore assez fraî-
che, quoiqu'elle fût âgée d'environ qua-
rante ans, parut très-sensible au malheur
d'un jeune homme aussi aimable. Elle
lui prodigua tous les soins qui dépendaient
d'elle, et ne pouvait se lasser de le regarder. Le visage du jeune homme ne lui
semblait pas inconnu, et elle mourait
d'impatience de voir arriver le moment
où, selon l'usage, le bel étranger serait
en état de conter son histoire; mais Psyché avait besoin de repos. Il fallut la désha-
biller, et la mettre au lit; et la femme du
pêcheur, à qui rien n'échappait, découvrit dans cette circonstance que le prétendu jeune homme n'était qu'une très-
jolie fille, qui pourtant lui parut moins
belle que dans ses habits d'homme. Cette
métamorphose lui causa d'abord un peu
d'humeur; mais bientôt cette humeur fit
place à la joie la plus vive : car enfin il
se trouva qu'Ismène, femme du pêcheur,

était la nourrice de la belle Psyché, qui, lorsqu'elle entendit prononcer ce nom, se ressouvint aussi facilement de sa bonne nourrice que celle-ci reconnut dans Psyché les traits de son enfance, ceux de sa mère Musarion, ainsi qu'un petit signe que Psyché avait au-dessous du sein gauche.

Ismène avait été l'esclave favorite de la mère de notre héroïne ; et, après sa mort, on lui avait confié le soin de la petite Psyché. Son père Stratonicus remit le soin de son enfance à Ismène, lui donna une somme d'or assez considérable, et lui recommanda de l'élever dans les environs de Corinthe. Il choisit ce pays, parce qu'il avait l'espoir de la voir de temps en temps sans être reconnu.

La petite Psyché, l'amour et l'orgueil de sa nourrice, devint si belle, qu'il était impossible de rien voir de plus gracieux. L'espoir d'en tirer de l'argent engagea quelques brigands du voisinage à l'enlever, et ils la vendirent à la prêtresse de

Delphes. Psyché avait alors six à sept ans. Un collier, auquel pendait le portrait de sa mère, et qu'elle portait toujours à son cou, fut vendu avec elle, et servit dans la suite à confirmer qu'elle était fille de Stratonicus. Ismène fut au désespoir de sa perte; et, après avoir passé bien du temps à la chercher où elle n'était pas, elle crut ne pouvoir mieux se disculper auprès de son maître qu'en lui écrivant que sa fille était morte. Stratonicus fut d'autant plus facile à tromper, que les affaires dans lesquelles il se trouvait engagé ne lui permettaient pas de retourner à Corinthe.

Ismène erra long-temps, et eut beaucoup d'aventures, qu'elle termina enfin en devenant la femme d'un pêcheur des environs de Capoue, qui la croyait aussi belle que Thétis et Galatée. Elle avait conservé un souvenir si tendre pour Psyché, qu'elle donna son nom à une petite fille dont elle était accouchée, pour perpétuer ainsi sa mémoire. La mort de cette enfant renouvela ses chagrins; et, comme l'image de la véritable Psyché lui était toujours présente, elle eut bien moins de peine à la reconnaître, malgré le changement que quatorze années avaient opéré sur elle.

Psyché augmenta donc la famille du pêcheur, qui bientôt changea de séjour, et fut s'établir dans les environs de Tarente, où il la faisait passer pour sa fille. Elle parvint à se faire au misérable état dans lequel vivait sa nourrice, et s'efforça, par un travail assidu, de ne pas lui être à charge.

Critolaüs la rencontra un jour qu'il s'était égaré dans le bocage qui entourait la maison d'Ismène. Malgré la simplicité de ses habits, il crut voir en elle une nymphe de Diane, et non la fille d'un pauvre pêcheur. Bientôt le fils d'Archytas ressentit pour elle la passion la plus vive. Comme son amour était aussi tendre que délicat, il n'eut pas de peine à mettre Ismène dans ses intérêts; et Psyché, qui

savait alors qu'Agathon était son frère,
n'eut aucun motif d'être insensible à l'attachement d'un jeune homme aussi aimable. En effet, Critolaüs pouvait passer
pour un second Agathon ; mais les circonstances leur laissaient peu d'espoir de
s'unir un jour. Plus il paraissait résolu
de tout sacrifier à son amour, plus Psyché se fortifiait dans la pensée de lui cacher soigneusement l'intérêt qu'elle prenait à lui.

Enfin il crut ne pouvoir trouver de
soulagement, qu'en confiant le secret de
son cœur à celui dont il ne devait guère
espérer l'approbation. Toute l'éloquence
d'un amant passionné n'aurait produit
aucun effet sur le sage Archytas ; mais
Critolaüs raconta des choses si extraordinaires de l'esprit et de la vertu de celle
qu'il aimait, qu'il parvint à fixer l'attention de son père.

Archytas n'avait jamais connu les fu-
reurs de l'amour ; mais il était exempt
de préjugés, il était humain et sensible :

une fille belle et vertueuse lui paraissait un trésor, dont la pauvreté et le peu de naissance augmentaient encore la valeur.

A peine Critolaüs s'apperçut-il que son père commençait à fléchir, qu'il lui fit part du secret de la naissance de sa belle, qu'Ismène lui avait confié à l'insu de Psyché. Archytas, qui se rappelait d'avoir entendu faire à Stratonicus le récit de ses amours avec Musarion, fut enchanté de cette découverte. Il desira que la beauté dont son fils était épris fût en effet la fille de son ami Stratonicus; mais comment s'en assurer? On ne pouvait pas se reposer sur le témoignage de la femme d'un pêcheur. Il se ménagea une entrevue avec Psyché et sa nourrice. L'entretien qu'il eut avec la première augmenta l'impression favorable que la vue de cette jeune personne avait produite sur son cœur. Il se fit raconter tous les événemens de sa vie; et, après l'avoir entendue, il trouva moins de raison de douter de la vérité d'un rapport que son fils avait regardé comme certain sans la moindre recherche. Le collier que Psyché avait laissé dans les mains de la Pythie lui parut une preuve indispensable pour fixer son opinion. Il envoya à Delphes un de ses affidés. La Pythie, voyant l'intérêt qu'un homme de cette importance prenait à son ancienne esclave, ne fit aucune difficulté de livrer cette preuve de l'origine de la fille de Stratonicus. Alors Archytas se crut en droit de donner pour épouse à son fils la fille d'un ami dont la mémoire lui était bien chère. Elle devint donc la femme de Critolaüs, et cette union donna de nouvelles forces aux motifs qui engagèrent Archytas à s'employer avec tant de chaleur à la délivrance d'Agathon.

CHAPITRE IV.

Agathon s'égare à la chasse. Aven-
ture extraordinaire qui lui arrive
dans un vieux château.

Agathon partageait son temps entre
les sciences et les muses; elles embellissaient ses loisirs, et lui faisaient oublier
les chagrins qu'il avait éprouvés. Malgré ces diverses occupations, qui tour-
naient toutes à son avantage, Agathon savait réserver des momens qu'il consacrait
à ses amis et aux plaisirs de la société.
Malheureusement pour son repos, il
éprouvait souvent une sorte de mélancolie tendre à laquelle il ne pouvait résister, et qui replaçait son ame dans cette situation dangereuse dont nous avons parlé
dans un des précédens chapitres.

Lorsqu'on est dans cette disposition,
on choisit de préférence le séjour de la
campagne, parce qu'on n'est pas distrait
de ses pensées par les devoirs de la so-

ciété et les dissipations de la ville. Agathon se retirait souvent dans une maison située à deux lieues de Tarente,
et qui appartenait à son frère Critolaüs.
Quelquefois ils prenaient ensemble le
plaisir de la chasse.

Un jour ils furent surpris par un orage
aussi violent que celui que firent naître
deux déesses pour forcer Énée et Didon
à se réfugier dans la même grotte. Mais
ils n'apperçurent aucune caverne hospi-
talière qui leur offrît un abri : leurs gens
les avaient quittés, et ils furent long-
temps avant de savoir où ils étaient. Cet
événement n'a rien d'extraordinaire,
mais il fit naître une des plus heureuses
aventures qui soient arrivées à notre héros.

Ils parvinrent enfin à sortir de la fo-
rêt, et Critolaüs reconnut le pays ; mais
il jugea qu'ils étaient à quelques lieues
de leur maison. L'orage durait encore,
et ils n'apperçurent d'autre asile qu'une
maison solitaire, qui était habitée, depuis
un an, par une dame d'un singulier ca-

ractère. On présumait, d'après certaines
circonstances, qu'elle était veuve d'un
homme riche, et considérable; mais on
n'avait pu savoir encore ni son nom, ni
le lieu qu'elle habitait auparavant, ni les
motifs qui l'avaient engagée à changer de
séjour, et à vivre dans la solitude la plus
absolue. Au défaut de renseignemens
exacts sur son compte, chacun se permettait d'interpréter sa conduite selon
son caractère ou sa fantaisie. Mais, comme
elle paraissait s'embarrasser fort peu de
l'idée qu'on avait d'elle, on avait cessé
d'en parler, et de s'obstiner à découvrir
le mystère dont elle semblait vouloir envelopper son existence.

« Peut-être, disait Critolaüs en s'a-
« cheminant vers sa demeure, est-ce une
« nouvelle Artémise qui veut s'ensevelir
« dans cette solitude, pour rester toute
« entière à sa douleur. Il y a long-temps
« que j'ai le desir de la voir. L'orage est
« trop fort pour qu'elle nous refuse un
« asile, et lorsque nous serons chez elle,

«nous trouverons sans doute le moyen
« de lui être présentés, quoique per-
« sonne jusqu'ici n'ait eu cet honneur. »

Agathon, malgré son indifférence pour
le beau sexe, depuis qu'il était séparé
de Danaé, ne put résister à la curiosité
qu'excitait en lui le récit de Critolaüs,
ni au desir de connaître cette femme extraordinaire. Ils arrivèrent à la porte d'une
habitation qui ressemblait plus à un château où il revient des esprits, qu'à une
maison de plaisance dans le goût ionique
ou corinthien. Le mauvais temps, leurs
instantes prières, peut-être aussi leur
bonne mine, les font introduire. Des esclaves les conduisent dans une salle où
on les force, avec beaucoup d'obligeance,
de recevoir tous les services que la situation où ils se trouvaient rendait nécessaires.

La figure de nos chasseurs paraissait
exciter l'admiration des domestiques, et
faire croire aux deux amis qu'on les
prenait pour des gens de considération.

Agathon, qui regardait attentivement des peintures qui se trouvaient dans la salle, ne s'apperçut pas qu'une esclave le fixait avec une attention particulière. Cette femme ne savait si elle devait en croire ses yeux. Après l'avoir considéré pendant quelque temps, elle s'élance hors de la salle, entre dans l'appartement de sa maîtresse, en s'écriant : — « Savez-vous quels sont ces étrangers que nous venons de recevoir ?... et comme la dame ne répondait rien. — Eh ! quoi ! votre cœur ne vous l'a-t-il pas déjà dit ! continua-t-elle, quel heureux hasard ! ma surprise est si grande, que je ne sais plus où j'en suis. » —

« En effet, il me semble que tu es devenue folle, répondit l'inconnue : de qui veux-tu parler ? » —

« En vérité, j'ai peine à me le persuader encore ! Mais non, je l'ai reconnu sur-le-champ, quoique sa taille soit devenue plus forte. Rien de plus certain : c'est lui ! c'est lui ! » —

« Finiras-tu bientôt, s'écria la dame, avec la plus grande émotion, de qui parles-tu? je veux le savoir. —

—« Eh ! ne vous ai-je pas dit, Madame, qu'Agathon est en bas !... Oui, Agathon lui-même, à moins que ce ne soit son ombre. A peine eut-il jeté le manteau qui l'enveloppait, que je le reconnus sur-le-champ. » —

Dans l'excès de sa joie, la pauvre fille aurait continué son bavardage, si elle ne s'était apperçue que sa maîtresse était tombée sans connaissance. Elle eut bien de la peine à la faire revenir. Enfin la belle dame reprit ses sens, mais pour se reprocher son extrême sensibilité.

« Vous m'inquiétez, Madame ! reprit l'esclave ; si son nom seul vous fait tomber en faiblesse, que sera-ce donc lorsque vous le verrez ?... M'ordonnez-vous de le conduire ici ? » —

« Lui ? Non sans doute, je ne veux pas le voir ! —

« Quelle idée ! il est impossible que ce

soit là votre résolution. Si vous lui parliez un moment... Il est plus beau que jamais.... Ne serait-il pas impardonnable de le laisser partir sans le voir ? Quelle raison pourrait..... —

« Je te défends de parler davantage! Sors, et ne t'avise pas de retourner dans la salle. Si c'est lui, je ne veux pas qu'il te reconnaisse. J'espère que tu n'as pas dit qui j'étais ? —

« Non, Madame, il ne m'a pas vue, il était trop occupé à considérer les peintures; mais il m'a semblé l'entendre soupirer, et peut-être.... —

« Quelle extravagance ! répondit la dame ; mais laisse-moi ! mon parti est pris : je ne le verrai pas, et je ne veux pas qu'il sache chez qui il se trouve. S'il l'apprend, tu perds pour toujours ma confiance. » —

L'esclave obéit, espérant que sa maîtresse se raviserait, et la belle Danaé resta seule.

Un volume ne suffirait pas pour rendre

ce qui se passait dans son cœur. Le combat qui s'y livrait ne dura que quelques
instans; mais quelle lutte ! quel mélange
de sentimens opposés! Il lui semblait que
son amour, si tendre jusqu'alors, se
changeait en haine. Elle redoutait sa présence, et mourait d'envie de le voir. Que
n'aurait-elle pas donné quelques instans
auparavant pour retrouver cet Agathon
qui, malgré son ingratitude et sa perfidie, régnait despotiquement sur son ame !
Cet Agathon, dont le départ subit lui avait
fait détester tous les avantages de sa situation précédente, le séjour de Smirne, ses
amis et ses richesses; dont l'image, parée
de tous les charmes du souvenir de sa
félicité passée, était l'unique bien à ses
yeux !.... mais à présent, qu'il dépendait
d'elle de le voir, sa fierté se réveilla tout
à coup. Elle ne put se résoudre à lui pardonner. Si l'amour prenait un moment
le dessus, la crainte de le retrouver insensible la jetait dans la même irréso-
lution.

3. 8.

A ces causes, se joignait une autre considération qui pourrait paraître un peu scrupuleuse pour une Danaé, si nous ne nous croyions obligés de dire, pour sa justification, que la fuite de notre héros, la découverte des motifs qui l'avaient décidé à prendre un parti violent, la pensée que sa faiblesse envers lui suffisait pour la rendre méprisable aux yeux du seul homme qu'elle eût jamais aimé, n'avaient produit une révolution remarquable dans sa façon de penser. Malgré les reproches qu'elle avait à se faire, Danaé ne rononça pas au noble dessein qu'elle avait formé de se consacrer à la vertu dans un âge où cette entreprise avait encore bien du mérite. Nous ne disconvenons pas qu'un désespoir amoureux avait eu la plus grande part à la démarche extraordinaire de quitter un monde où elle était adorée, pour s'enterrer dans un désert où la liberté de s'entretenir de ses sentimens formait le seul dédommagement de tant de sacri-

fices. Mais, avec tous les avantages que
possédait Danaé, il n'y avait qu'une
grande ame capable d'exécuter un projet auquel une femme ordinaire aurait
bientôt renoncé. Dans quelque endroit
qu'elle eût voulu fixer sa demeure, aurait-elle manqué d'amans, si ce n'était
qu'un amant dont elle eût voulu réparer
la perte? mais l'amour qu'Agathon lui
avait inspiré était si noble, il avait tant
de rapport avec l'amour de la vertu, que
nous avons des raisons de penser que,
dans l'entière isolation où vivait notre
héroïne, elle serait parvenue à les réunir tous deux. C'est parce que son amour
pour la vertu était sincère, et qu'elle connaissait son faible pour le trop aimable
Agathon, qu'elle se faisait un juste
scrupule de s'exposer au danger de reprendre malgré elle ses anciens sentimens.

C'est ainsi que l'amour, la fierté, la
vertu, combattirent long-temps dans son
cœur irrésolu contre le desir qu'elle avait
de voir son amant. Il est facile de devi-

ner qui remporta la victoire. L'amour ne
trouve-t-il pas toujours le moyen d'imposer silence à l'orgueil et à la vertu ? Il
inspira à Danaé le desir de voir comment
Agathon supporterait la présence inopi-
née d'une femme chérie, et si cruellement
abandonnée. Le trompeur lui persuada
qu'elle aurait assez de force pour n'être
pas émue de l'effet enchanteur que sa vue
produirait peut-être sur lui : enfin l'issue
de ce grand combat fut qu'elle était au
moment de rappeler sa confidente, la
seule de ses femmes qui l'eût suivie à son
départ de Smirne, pour lui prescrire la
manière dont elle devait se conduire dans
cette circonstance , lorsque cette esclave
rentra pour la prévenir que les deux étrangers sollicitaient la permission de rendre
leurs devoirs à la maîtresse de la maison.

Nouvelles irrésolutions, qui n'étonne-
ront point ceux qui connaissent le cœur
féminin. Celui de Danaé était si agité,
qu'elle eut besoin de se remettre un moment avant de se trouver en état de supporter cette dangereuse épreuve.

CHAPITRE V.

Étude pour les peintres du cœur.

Ɛɴ attendant que Danaé soit d'accord
avec elle-même, et qu'elle ait décidé la
façon dont elle se conduira dans une occasion si terrible et si desirée, retournons
un moment dans la salle où nous avons
laissé nos deux amis.

Plus Agathon considérait les tableaux
qui couvraient les murs de cette salle,
plus il croyait les avoir vus autrefois dans
la maison de Danaé; mais il avait autant
de peine à se persuader comment ils
avaient été transportés de Smirne en Italie, qu'il était convaincu que son imagination ne le trompait pas. A la vérité, le
peintre pouvait en avoir fait des copies;
mais, lorsqu'il fixait les yeux sur une
Diane qui regardait tendrement un En-
dymion endormi, il croyait pouvoir assurer que c'était le même chef-d'œuvre
qu'il avait vu dans un pavillon du jardin

de Smirne, et qu'il se plaisait souvent à
admirer pendant des heures entières. Il
est impossible d'exprimer le trouble que
cette découverte fit naître dans son ame.
« *Se-pourrait-il que Danaé.... Mais*
« *quelle vraisemblance !* » — Et cependant ce que Critolaüs lui avait raconté
de la maîtresse de cette maison fortifiait
l'idée qui venait de naître en lui, quoiqu'il n'osât pas s'y livrer. Que la belle
Danaé eût été satisfaite, si elle avait pu
voir ce qui se passait dans le cœur d'A-
gathon ! Sa comparution devant une
déesse irritée ne l'eût pas effrayé davantage que la pensée de se présenter à
Danaé, qu'il se plaisait depuis long-temps
à croire aussi innocente qu'elle lui avait
paru odieuse et coupable. Mais le désir
de la voir absorba bientôt tous les autres
sentimens qui remplissaient son ame. Son
agitation devint si vive, que Critolaüs
s'en apperçut. Agathon aurait mieux fait
de lui en découvrir la cause ; il ne le fit
pas, et se contenta de dire qu'il ne se

trouvait pas bien. Cependant il témoigna
tant de desir de voir la maîtresse de la
maison, que Critolaüs, qui le considérait attentivement, commença à soupçonner un mystère qu'il était curieux de
découvrir. Dans ce moment l'esclave
qu'ils avaient envoyé vers la dame revint, en leur annonçant qu'il avait l'ordre
de les introduire.

C'est ici que nous desirons plus que
jamais que ce livre ne tombe pas dans
les mains de ceux qui ne croient pas aux
belles ames. La situation dans laquelle
nous allons voir notre héros est, sans
contredit, une des plus difficiles que l'on
puisse éprouver. S'il n'était question que
de personnages imaginaires, nous ne
serions pas dans le même embarras
qu'Agathon, qui, le cœur saisi, la poi-
trine oppressée, suit l'esclave qui le conduit dans l'appartement d'une femme
dans laquelle il craignait de retrouver
Danaé aussi vivement qu'il le desirait.

Danaé, assise sur un lit de repos, at-

tendait sa visite avec autant de force et
de courage que peut en avoir une femme
aussi tendre que sensible. Celles qui pos-
sèdent ces qualités, et qui se sont trou-
vées dans de pareilles occasions, pour-
ront se représenter facilement ce qui se
passait dans son ame. Elle savait qu'A-
gathon n'était pas seul ; cette circonstance arrivait à propos pour elle, mais
n'adoucissait pas la position de notre héros. La porte de l'antichambre s'ouvre,
il reconnaît l'esclave de son amie : il n'y
avait plus moyen de douter que la dame
qu'il allait voir ne fût Danaé. Alors,
rassemblant toutes ses forces, il s'avance
en tremblant derrière Critolaüs. Il la voit,
veut s'approcher. — Impossible!... Il lève
les yeux sur elle, et tombe dans les bras
de son ami.

A cet aspect, Danaé oublie les grandes
résolutions qui lui avaient coûté tant de
peine à prendre. Éperdue, elle vole au-
devant d'Agathon, le prend dans ses
bras, et donne un libre cours à ses sen-

sations, sans penser qu'elle est en présence d'un témoin qui ne doit pas être médiocrement surpris de ce qu'il vient de voir et d'entendre ; mais la bonté du cœur de Critolaüs, et cette sympathie qui unit bientôt les belles ames, firent qu'il se conduisit dans une situation aussi inattendue comme s'il avait été son ami depuis nombre d'années. Il porta Agathon sur un sopha, où vint se jeter Danaé ; et, comme il en avait assez vu pour sentir qu'il devenait inutile, il s'éloigna adroitement pour ne pas les gêner par la présence d'un tiers, qui eût été beaucoup plus fâcheuse dans ce moment que les gens froids ne peuvent l'imaginer.

Agathon, près de la sensible Danaé, reprit bientôt connaissance. Sa tête était appuyée sur le sein de la belle, et les pleurs dont elle se sentit inondée lui prouvèrent bientôt qu'il revenait à lui. Son premier mouvement fut de s'éloigner ; mais elle n'en eut pas la force. L'état d'Agathon lui disait bien mieux que des

8*

mots n'auraient pu le faire ce qui se
passait dans le cœur de son amant. Comment lui refuser une consolation dont il
avait tant de besoin ! Bientôt il convint
lui-même qu'il était indigne de sa compassion. Il se leva, se jeta à ses pieds,
embrassa ses genoux, voulut l'engager à
fixer ses beaux yeux sur lui ; et, ne
pouvant soutenir sa vue, son visage
mouillé de larmes retomba de nouveau
sur le sein de son amie. Danaé ne pouvait plus douter qu'elle était aimée. Qu'il
lui en coûta pour cacher le ravissement
où la jetait cette découverte ! Mais il fallait absolument mettre fin à cette scène
trop touchante.

Agathon ne pouvait prononcer un seul
mot ; et qu'aurait-il pu dire ? — « Je suis
satisfaite, Agathon, lui dit Danaé d'un
ton qui trahissait la situation de son ame,
je suis satisfaite ! Tu retrouves une amie,
et j'espère qu'elle ne sera pas indigne de
ton estime. » — Voyant qu'il cherchait
à entreprendre une justification dont il

ne pouvait se tirer avec avantage dans la position où il se trouvait : — « Point d'excuse, mon ami, ajouta-t-elle; jamais je ne te ferai de reproches! Ne nous rappelons le passé que pour jouir plus parfaitement du plaisir d'une rencontre aussi imprévue. » — « O divine! ô généreuse Danaé! s'écria Agathon dans l'excès de son amour et de sa reconnaissance. » — « Point de remerciement, point d'enthousiasme! reprit-elle; tu es trop agité, calme-toi. Nous aurons tout le temps de nous rendre compte de ce qui nous est arrivé depuis le jour de notre séparation. Laisse-moi jouir sans mélange du plaisir de t'avoir retrouvé. Hélas! c'est le premier que j'aie goûté depuis plus de deux ans! »

En donnant ce conseil, qu'elle aurait dû s'appliquer à elle-même, s'il était possible de maîtriser son cœur, Danaé se leva, fit prier Critolaüs de rentrer, laissant à Agathon, plus enchanté d'elle que jamais, le temps de se remettre de son agitation. Il est facile de prévoir les suites de cette entrevue. Critolaüs et Danaé furent bientôt amis. Ce jeune homme convint qu'après Psyché, il n'avait rien vu de plus parfait, et Danaé apprit avec bien du plaisir que Critolaüs était l'époux de cette Psyché qui se trouvait maintenant sœur d'Agathon.

Elle n'eut pas beaucoup de peine à persuader ses hôtes d'accepter un lit dans sa maison. Elle apprit à son ami, qu'en revenant à Smirne, elle avait bientôt découvert la cause de son départ. Elle ne lui cacha point que la douleur de l'avoir perdu l'avait portée à prendre la singulière résolution de renoncer au monde, et de chercher un désert où elle irait expier les faiblesses et les erreurs de sa vie passée. Cependant elle espérait, ajouta-t-elle, que si elle trouvait l'occasion de lui faire un récit de sa conduite, jusqu'au moment où Agathon sut lui créer une nouvelle ame, il aurait plus de sujet de la plaindre que de la condamner.

Notre héros, craignant que les rapports qui avaient existé entre eux ne fissent croire à Danaé qu'elle avait perdu son estime, fut forcé de renfermer dans son ame l'ardeur de ses sentimens. Cependant elle fit connaissance avec la famille d'Archytas. Il fallait aimer Danaé dès l'instant qu'on la voyait ; mais elle gagnait beaucoup à être connue. Elle avait le talent de se plier sans peine aux circonstances, aux personnes, et à tous les genres de vie. Cette aimable famille ressentit bientôt pour elle la plus tendre amitié. Archytas, malgré sa sagesse, se plaisait beaucoup dans sa société. Danaé se faisait un plaisir de lui faire oublier les incommodités de la vieillesse par l'agrément de ses manières et de sa conversation. Mais rien n'égalait l'attachement de Psyché et de Danaé : jamais peut-être amitié ne fut plus sincère entre deux femmes que la nature semblait avoir formées pour être rivales.

On pense bien qu'Agathon y trouvait son compte : il voyait Danaé tous les

jours ; elle le traitait comme un frère ;
mais comment se contenter de ce titre
lorsqu'on en desire un plus doux !

CHAPITRE VI.

Préparation à l'histoire de Danaé.

S<small>I</small> l'on rapproche ce que nous avons dit,
dans le deuxième chapitre de ce livre, des
dispositions d'Agathon pour la belle Danaé, avec l'effet que sa rencontre imprévue fit sur lui ; si l'on y joint celui que
le plaisir de la voir tous les jours devait
opérer sur son cœur et sur ses sens ; qu'on
se rappelle aussi que l'amour était un besoin pour une ame comme la sienne, et
qu'aucun devoir, qu'aucune affaire ne
l'empêchait de s'y livrer à Tarente, on
n'aura pas de peine à croire qu'il ne dépendait que de Danaé de l'amener au
point où elle voudrait.

En admettant cette supposition, il y
aura peu de gens sans doute qui ne croient
qu'elle se servit de son pouvoir pour en

faire un époux. Cette supposition paraît si vraisemblable, qu'elle pourrait passer pour une certitude, si nous ne nous empressions d'annoncer que Danaé avait pris la résolution de n'être plus, en quelque façon, Danaé pour lui.

D'après cette dernière circonstance, on présumera peut-être qu'elle avait eu des raisons de prendre une résolution si fâcheuse pour notre héros, et l'on sera tenté de croire qu'Agathon avait essayé de faire valoir les anciens droits d'un amant heureux. On aurait tort ; il n'en était rien. Non que la nature et les charmes de Danaé n'eussent repris leur empire, mais l'estime que la conduite de son amie lui inspirait, la réparation qu'il croyait lui devoir, la crainte qu'elle ne pensât qu'il voulait abuser de sa faiblesse ; tout se réunissait pour lui rendre la timidité de son premier amour. Cependant la situation de Danaé et le souvenir du passé amollissaient son cœur, rendaient la délicatesse d'Agathon encore plus dau-

gereuse, et l'obligeaient à employer plus
de force pour se défendre elle - même
qu'il n'en fallait contre son amant.

Il est certain qu'elle aurait dû se conduire de cette manière si elle avait eu
le projet qu'on a pu lui supposer. Mais,
quoi qu'il en soit, il n'est pas moins vrai
qu'elle se conduisit ainsi parce qu'elle ne
l'avait point, et, qu'en dépit des séductions de son propre cœur et des efforts de
son amant, elle était fermement résolue
de ne point profiter de sa faiblesse.

C'est en vain que nous nous sommes
efforcés de découvrir si le motif d'une
résolution aussi extraordinaire était l'effet
d'un mouvement ou d'une passion désin-
téressée. Danaé aimait Agathon, il l'aimait
plus que jamais. Toute la maison d'Archytas était enchantée d'elle. Son histoire
n'était point connue à Tarente. Qui eût
imaginé qu'elle dût avoir assez de can-
deur pour vouloir la raconter elle-même!
Agathon employa l'éloquence de l'amour,
les tendres séductions de la sympathie,

tout ce qu'une ame généreuse peut mettre en usage pour ébranler sa résolution.
Avec quelle ardeur il lui peignit la félicité
d'un amour épuré par la vertu ! Combien il était difficile qu'elle résistât au
feu qui régnait dans les discours de son
amant, au ravissement qui embellissait
tous ses traits, à ce silence éloquent,
qui, quelquefois ne permettait pas à son
cœur ému de pouvoir s'épancher; silence
plus dangereux encore pour une femme
sensible ! Quelles épreuves ! et comment
parviendra - t - elle à les supporter ? —
Mais, au nom de l'amour, qui pouvait
l'engager à une résistance aussi opiniâtre,
et lui donner assez de force pour réussir ?
Était-ce entêtement, caprice ? En supposant que les femmes ne se décident jamais par d'autres motifs, pouvait-on alors
faire ce reproche à Danaé ? Cependant
nous sommes forcés d'avoir recours à
cette hypothèse, ou d'avouer que c'était
une espèce d'amour élevé, de passion
pour la vertu, qui lui donnait le courage

de faire une résistance aussi héroïque. —
Mais quelle nouvelle difficulté se présente ! La vertu d'une Danaé ! Qui osera
croire à cette vertu , après la preuve que
nous avons donnée de celle d'une prêtresse de Diane et d'une élève de Platon ?
Pouvons-nous attendre que cet enthousiasme, dont nous supposons que l'écolière
d'Hippias était animée , fût autre chose
que celui d'une déesse de théâtre.

Il faut l'avouer , rien de plus naturel
que le préjugé qui existe contre les femmes qui se sont conduites comme Danaé.
Cependant, malgré l'opinion reçue , il serait très-injuste à nous de l'envelopper
dans une proscription générale , qui souffre sans doute des exceptions. Une femme
possède une ame que la nature a formée
pour la vertu, qu'elle a douée de tous les
sentimens nobles et délicats, d'une extrême sensibilité ; souvent ces heureuses
dispositions sont altérées par un concours
de circonstances malheureuses. Ses penchans prennent une fausse direction. L'a-

mour est si séduisant, qu'il peut abuser
de sa jeunesse et de son inexpérience
pour l'égarer au moment où elle s'y attendait le moins. Le malheur, la misère,
ne peuvent-ils pas triompher d'une fierté,
qui, souvent est le dernier rempart de la
vertu ? L'éducation et l'exemple ont tant
d'empire ! La complaisance, la générosité, la reconnaissance, les mouvemens
même les plus innocens du cœur deviennent un danger de plus dans de certaines circonstances. S'est-elle engagée
dans le sentier du plaisir, sous la conduite des amours, comment prévoir où
conduit la douce pente d'un chemin par-
semé de fleurs ? Les dangers s'augmentent si elle rencontre sur sa route les muses
et les graces, et que l'esprit sophistique, à
l'abri du manteau de la philosophie, attire
son attention, et lui fasse faire quelques
faux pas, en lui persuadant que les sentimens sont des principes, et que la sagesse n'est autre chose que l'art de jouir.
Alors une longue suite de fautes devient

la conséquence d'une première démarche qu'elle croyait devoir conduire au
bonheur.

Mais pourquoi lui refuserait - on les
moyens de revenir de ses erreurs? Les
circonstances dont nous venons de parler peuvent devenir aussi avantageuses
que préjudiciables à la vertu. Il suffit que
ses yeux s'ouvrent sur ses fautes ; que
l'expérience et la satiété lui apprennent
à considérer les objets sous leur véritable
forme. De nouvelles pensées font naître
de nouveaux sentimens, ou, pour parler
plus clairement, des idées justes donneront à ses inclinations une direction juste.
La bonté de son cœur n'est pas changée.
Une belle ame peut s'égarer, et commettre des fautes ; mais elle ne cessera jamais
d'être belle. Que l'illusion se dissipe ; fai-
tes-lui connaître la vertu, c'est le moment
où elle apprendra à se connaître elle-même. Alors, elle sentira que cette vertu
n'est pas un vain nom, enfant d'une imagination romanesque ; qu'elle est la des-

tination, la volupté, la gloire, le souverain
bien d'un être pensant. L'amour qu'elle
éprouvera pour la vertu, le desir de se
former d'après ce divin modèle de la
beauté morale s'emparera de son ame,
et deviendra une passion, qui, dans cet
état plus que dans tout autre peut-être,
la remplira d'un esprit divin..... Et, dans
cette disposition, il n'est point d'épreuves,
point de sacrifices auxquels elle ne soit
résignée.

Ce que nous venons de dire peut-il
s'appliquer à Danaé? c'est ce que le lecteur décidera lui-même lorsqu'il lui aura
entendu raconter son histoire. Elle se vit
dans la nécessité de n'en plus faire un
mystère, parce que Agathon ne lui laissa
pas d'autre moyen de se justifier à ses
yeux, et à ceux de la famille d'Archytas,
de ses constans réfus pour une union que
rien ne semblait devoir empêcher. Nous
n'avons aucune raison de douter de sa
franchise. Son but était de dire la vérité
aux dépens de son amour-propre. On sait

que cet amour-propre est un excellent
coloriste, lorsqu'il représente lui-même
des défauts que nous aimons à cacher dans
l'ombre. Il possède un art tout particulier
pour éclairer certaine partie, pour nuancer
telle autre, et pour faire ressortir les objets de manière à nous persuader que les
défauts ne font aucun tort à l'ensemble.
Danaé aurait été au-dessus d'une mor-
telle, si elle s'était toujours méfiée des
insinuations et des efforts de ce grand
mobile des actions humaines; mais il nous
semble qu'on doit se contenter de ce degré de vraisemblance, qui provient de
ce que la personne qui raconte est déci-
dée à dire la vérité.

Ecoutons-donc ce qu'elle va nous dire
sur un objet dont elle pouvait parler avec
une entière connaissance de cause, et sur
lequel elle ne pouvait être trop sincère,
depuis qu'elle avait changé de façon de
penser et de conduite.

LIVRE XIV.

Histoire secrète de Danaé.

CHAPITRE PREMIER.

Commencement de l'histoire de Danaé.

Nous laissons au lecteur le choix du lieu où la belle Danaé raconte à son ami l'histoire secrète de sa vie. Ce sera, si l'on veut, sur un sopha, sous un bosquet, à l'ombre de cyprès élevés, ou sur les bords d'un ruisseau au doux murmure.—Mais, qu'allions-nous faire! Le lieu de la scène peut-il être indifférent dans une occasion pareille, ni dans quelque circonstance que ce soit? Si Danaé avait eu le projet de s'emparer du cœur ou des sens de notre héros, n'aurait-elle pas trouvé le moyen de ménager le tête-à-tête dans un boudoir, (car les Grecs avaient

aussi les leurs,) ou sous un joli berceau
de roses, dont la douce obscurité aurait
été convenable à ses vues. Mais comme
elle n'en avait point, le lecteur voudra
bien permettre que la scène se passe sur
un banc de gazon, à l'ombre d'un arbre,
sans autre témoin que la nature, et dans
un endroit semblable à celui où Socrate
philosophait avec le beau Phœdrus, sur
l'essence de la beauté.

C'était vers le soir d'un beau jour d'été:
le ciel était serein, et sa pureté n'était
troublée que par quelques légers nuages,
portés sur les ailes des zéphyrs. Danaé
était belle et touchante comme la nature,
dont la vue répandait le repos et un bien-
être inexprimable dans son ame. Cependant de profonds souvenirs en interrom-
paient le charme. Une aimable rougeur
qui colora ses joues, en levant ses beaux
yeux sur son ami, qui mourait d'impatience, annonça qu'elle allait parler. Agathon était assis en face d'elle : son ame
semblait perdue dans la contemplation de

ses charmes; elle ouvrit la boucle, et son attention devint extrême.

Que ne suis-je Apelle ou Raphaël pour faire ce tableau! lorsqu'il serait fini, je suspendrais pour toujours ma palette et mes pinceaux à l'autel des Graces.

Danaé raconte, et le son enchanteur de sa voix, que je ne pourrais peindre, et le tour heureux de ses expressions, que mon pinceau ne pourrait saisir, me consolent de n'être aucun de ces deux grands peintres.

« Quelque difficulté que j'éprouve, mon cher Agathon, à te faire un récit fidèle de ma vie passée, il n'est pas en mon pouvoir de m'épargner cette humiliation. Il fut un temps où tu pensais favorablement de ton amie, et peut-être étais-je pardonnable alors de ne pas dissiper une erreur qui faisait le bonheur de tous deux. Hippias se chargea de ce soin. Vraisemblablement il n'eut jamais l'envie de me rendre justice; et, en supposant qu'il l'eût eue, qu'y aurais-je gagné? Il ne connais-

3. 9

sait que la moitié de Danaé, et son ame était incapable de la connaître toute entière. — Ta fuite rapide de Smirne me fit deviner tout ce qu'il avait dû te dire. Combien je devais être avilie dans ton opinion ! L'espoir que j'avais qu'il était impossible que tu pensasses aussi mal de ton amie n'était qu'une faible consolation. Le sort a pris soin de me venger: permets-moi de le dire; car ce souvenir est douloureux; et j'avoue, sans difficulté, que je suis malheureuse lorsqu'Agathon n'est point heureux. — Je t'ai revu, et ta conduite m'a donné une satisfaction complète. Il n'y a qu'un cœur comme le tien capable de tant de générosité, d'une sensibilité aussi exquise, et de cette délicatesse qui t'a fait tenir une conduite également éloignée d'une liberté ou d'une froideur qui m'auraient également offensée. Pourquoi le ciel n'a-t-il pas voulu, pour le repos de ton cœur et du mien, qu'Agathon, dont je me borne à désirer l'amitié, n'ait pas tou-

jours été juste envers son amie ! Je n'ap-
pellerai point les dieux à témoin de la
sincérité de ce desir. J'ouvre mon ame
toute entière, aucun de ses mouvemens
ne sera caché pour toi ; mais en desirant
de tempérer la vivacité de ton amour, je
conçois que ce vœu ne peut être rempli
que lorsque tu connaîtras parfaitement
cette Danaé qui t'est chère.

J'ai bien réfléchi à la démarche que
je vais entreprendre ; ce que je perdrai
n'est pas d'une grande importance : mais
qu'il est pénible de te tirer d'erreur !...
La Danaé de ton cœur et celle que tu vas
connaître ne sont pas la même. Je vais
détruire le charme !... Pardonne à ma
faiblesse !..... Mais il le faut pour ta tranquillité, pour ton bonheur et pour ta
gloire : pourrais-je hésiter encore ?

CHAPITRE II.

Première jeunesse de Danaé jus-
qu'à sa connaissance avec Alci-
biade.

MA naissance est commune; et ceux
à qui je dois le jour ne connurent jamais
les grandeurs, les richesses, ni les agrémens de la vie. Ma première éducation
fut conforme à leur état; elle dut tout
à la nature. J'aurais tort en effet de vouloir la méconnaître; elle avait tant fait
pour la petite Myris, (car c'est ainsi qu'on
me nommait alors) qu'il n'y avait rien
de mieux, que de s'en reposer sur elle.
Myris avait une figure qui donnait de
grandes espérances; et, lorsqu'elle jouait
avec les enfans de son âge, on avait coutume de dire qu'elle ressemblait à une
petite Grace. La jeune Myris avait un
cœur sensible; mais personne ne s'en em-
barrassait alors.

« Ma mère était une joueuse de flûte.

Peut-être avait-elle fondé sa fortune sur
la beauté et sur les qualités de sa fille,
car Myris avait à peine huit ans, que sa
mère s'efforça de lui donner les talens
nécessaires aux personnes qu'on destine
aux spectacles publics. On profita de mes
dispositions, autant que le permettaient
les circonstances et la fortune de mes
parens. On trouva que je faisais de grands
progrès dans les leçons de musique et de
danse qu'on me donnait. Je me formai
moi-même de mon mieux; car j'éprouvais un sentiment indéfinissable qui ne
me permettait pas de me contenter de
la vie obscure que je menais, ni des applaudissemens qu'on s'empressait de me
prodiguer. La nature avait imprimé dans
mon ame les idées du beau; je ne l'appercevais encore qu'à travers un nuage;
mais ces pressentimens produisirent leur
effet.

« J'ai déjà dit que je ne fis rien pour
former mon cœur; mais je n'avais rien
fait pour le corrompre. Ma mère parais-

sait s'en soucier fort peu. Tous ses soins
se bornaient à mon extérieur ; elle entretenait la beauté de ma peau, la frai-
cheur de mon visage, en développant les
graces qu'elle croyait appercevoir en moi,
et dont elle était d'autant plus fière, qu'elle
n'avait jamais été dans le cas d'avoir des
prétentions à la beauté. Elle avait beaucoup de confiance dans une quantité de
petites recettes cosmétiques, dont elle
prétendait avoir la possession exclusive,
et je ne doute pas que la jeune Myris ne
dût alors la beauté si vantée de son bras,
de son pied, l'élégance de sa taille, aux
soins de sa prévoyante mère.

« Parmi les dieux domestiques pour
qui elle m'apprenait à avoir de la véné-
ration, une Vénus, habillée par les Graces,
était l'objet de son adoration particulière.
Sans cesse elle priait cette divinité d'accorder à Myris la beauté et ses autres dons.
A l'entendre, c'étaient les meilleurs que
pouvaient me donner les immortels ; du
moins fit-elle tout ce qu'elle put pour
m'inspirer cette idée.

« Cette Vénus et ces Graces, que j'avais soin de parer tous les matins de guirlandes de roses et de myrtes étaient l'ouvrage d'un sculpteur médiocre, et nullement propres à me donner l'idée de la perfection divine. Je faisais souvent cette réflexion en me comparant avec ces modèles, et toujours elle faisait naître en moi le desir de voir la déesse de la beauté et les Graces sous leur véritable figure. Alors mon imagination s'efforçait de leur former une image digne d'elles, et la déesse semblait quelquefois favoriser mes efforts.

« Le hasard me fit rencontrer un jour un chanteur de Thèbes, qui récitait l'ode sublime de Pindare, sur les Graces. Un rayon de lumière céleste pénétra dans mon ame, mes yeux se dégagèrent du voile épais qui les couvrait, et j'apperçus les Graces, *sources de toutes les jouissances agréables des mortels, sous l'influence desquelles se forment la sagesse, la vertu, l'hé-*

roïsme, la beauté. Je les vis, ces
filles du ciel, sans qui les dieux
mêmes ne connaîtraient pas de plaisirs, et qui assujettissent l'Olympe
à leurs lois : ces compagnes d'A-
pollon Pythien, adoratrices fidelles
de l'impérissable majesté de Jupiter.[1] Dès lors, leur divine image resta
à jamais dans mon cœur. J'avais peine à
définir les sentimens que j'éprouvais ;
mais je fis aux Graces le serment sacré
de les prendre toujours pour modèles. Tu
le vois, Agathon, la jeune Myris ne manquait pas de cet enthousiasme qui ani-
mait ton ame sous les voûtes et dans les
bosquets du temple de Delphes. Les circonstances lui donnèrent une autre direction : élevée à Delphes, Myris serait
devenue une Psyché.

« J'avais à peu près treize ans, lorsque
ma mère résolut de me mener à Athènes,
chez une vieille sœur de son père. C'é-

_____

[1] Ces vers de Pindare sont tirés de la 1x⁰
ode olympique.

lait le seul endroit qui convînt à ses vues,
et où ma jeunesse, mes talens et ma beauté
pouvaient réparer les injustices du sort.
Mais le destin ne lui accorda pas cette
satisfaction, elle mourut, et je passai sous
la tutelle d'un frère qui, pour s'affranchir
des soins que je devais lui donner, n'eut
rien de plus pressé que de remplir à mon
égard les vœux de notre mourante mère.

« Il me conduisit à Athènes, qu'on
pouvait regarder comme la capitale de
la Grèce, depuis que Périclès en avait
fait le séjour des muses et des arts. Il me
mena chez une parente nommée Crobile, qui parut enchantée de l'héritage
que ma mère lui avait fait en lui laissant
ma petite personne.

Cette femme fonda sur mes qualités
de grandes espérances, et se donna beaucoup de peine pour perfectionner les talens que j'avais commencé à acquérir,
et qu'elle croyait propres à assurer ma
fortune. L'esprit, la politesse, le goût et
la perfection du langage sont répandus

9*

à Athènes parmi les plus basses classes
du peuple. Quoique ma nouvelle tutrice
ne fût qu'une marchande de fleurs, elle
me donna des leçons qui n'auraient pas
été indignes d'une élève d'Aspasie. Mais
une répugnance invincible me rendit peu
docile à ces leçons; mon cœur me disait que j'étais faite pour une destination
plus élevée; mais elle se taisait lorsque
je lui faisais des questions relatives à ce
sujet. La profession de danseuse, que
j'étais obligée d'exercer, me serait devenue insupportable, malgré mon goût
décidé pour cet art, si cette aversion n'a-
vait diminué insensiblement par l'habitude de voir tant d'objets nouveaux, et
si la liberté des habitans d'Athènes et
l'air contagieux qu'on y respire n'avaient
produit leur effet sur moi. Mon innocence courait de grands dangers à mesure que je perdais de l'ignorance qui
lui servait d'égide. Une belle habitation,
une parure élégante, une suite nombreuse,
une bonne table, des tableaux, des sta-

tues, des lits et des tapis de Perse, mille
autres agrémens dont la mollesse a formé des besoins, ont bien des charmes!
Leur privation me paraissait un tourment, et il se trouvait des momens où
le desir de posséder des choses qui paraissaient si dignes d'envie me disposait
à tout sacrifier pour les obtenir.

« Par malheur, la vieille Crobile n'était
guères propre à rectifier mon jugement.
Ses idées sur le bonheur ne s'étendaient
pas au-delà de la sensualité la plus gros-
sière; et rien ne lui paraissait plus honteux que le besoin et l'indigence. Aussi
eut-elle soin de m'entretenir dans une
ivresse dont elle espérait tirer de grands
avantages. Mes premiers succès dans la
danse pantomime nous tournèrent la tête
à toutes deux. La jeune fille insensée recevait avec un plaisir indicible des applaudissemens, qui auraient dû la faire rougir; et l'avide vieille calculait jour et nuit
les richesses que ma figure et mes talens
devaient lui valoir. Comme elle n'avait

jamais eu en sa possession que quelques
centaines d'oboles, un pareil nombre de
drachmes lui parut un trésor; et nous
prîmes une manière de vivre conforme
à nos espérances.

Cependant, un petit événement, que
n'avait pu prévoir l'extrême inexpérience
de la jeune Myris, l'éloigna plus que jamais du but de ses desirs. Elle aimait le
plaisir, et elle était bien aise de plaire et
d'être admirée; mais lorsqu'elle était ap-
pelée pour jouer la pantomime dans les
maisons des gens considérables d'Athènes, elle ne souffrait pas qu'ils la traitas-
sent comme les nymphes de son espèce,
et sa fierté opposait une barrière à la
vanité et aux desirs insensés de ces jeunes gens. Les descendans des Thésée et
des Alcméon trouvèrent très-ridicule
qu'une petite danseuse s'avisât de leur
résister, et la petite danseuse se trouvait
très-offensée qu'on voulût la faire servir
de jouet à ces jeunes voluptueux.

« La prudente Crobile essaya de lui

faire perdre une délicatesse aussi déplacée;
mais Myris pensa au serment qu'elle avait
fait aux Graces, et fut inexorable : non
qu'elle n'éprouvât alors qu'il manquait
quelque chose à son cœur. Les demi-confi-
dences qu'il lui fit l'éclairaient davantage ;
elle sentit qu'elle avait des moyens qui
n'attendaient que l'occasion de se développer, et un fonds de délicatesse et de sensibilité dont elle était fort embarrassée. Une
douce mélancolie s'empara de son ame ;
elle embellit son imagination, et tenta de
lui former des objets dont la vue pût la dédommager des impressions désagréables
qu'on cherchait à lui faire éprouver. Tous
ses efforts ne servirent qu'à lui faire détester son état : il ne convenait point à
ses sentimens; il la plaçait dans un faux
jour, et lui faisait perdre tout ce que
Vénus et les Graces avaient fait pour
elle. Comment espérer que l'amour dût
réparer cette perte ! Une infortunée ,
forcée de vivre de sa profession, et de
figurer les danses les plus voluptueuses

pendant les festins des gens riches d'A-
thènes, pouvait-elle se flatter de devenir
l'objet d'un amour délicat !... La pauvre
Myris rêvait inutilement aux moyens de
changer une situation qui chaque jour lui
devenait plus insupportable. Elle prit la
résolution de ne plus danser aux repas
des Athéniens.

« Crobile, qui n'y trouvait pas son
compte, épuisa toute sa réthorique pour
lui faire changer de pensée ; et, ne pouvant y réussir, elle lui déclara sèchement
qu'il fallait être plus complaisante,
ou pourvoir elle-même à sa subsis-
tance. L'infortunée prit son parti, mais
n'eut pas le courage de travailler pour
vivre. La nécessité la força d'écouter la
proposition, que lui fit le peintre Aglaophon, de servir de modèle pour une
Hébé que lui avait commandée Alcibiade.

« Le peintre parut enchanté de son
modèle. J'ignore comment il fit ; mais
son Hébé fut si belle, que la petite
Myris courut le même danger que Nar-

cisse, qui devint amoureux de son image.

« Alcibiade ne revint pas de sa surprise à la vue de ce charmant tableau. Il voulut connaître celle qui avait servi au peintre à former cette beauté presque idéale. Aglaophon assura que c'était l'ouvrage de son imagination. Il avait des raisons pour parler ainsi : Pygmalion brûlait pour sa statue, le peintre pour son Hébé. Il se flatta qu'il parviendrait aisément à l'animer pour lui, et ce motif suffisait pour ne pas l'exposer aux regards d'Alcibiade.

« Cependant celui-ci lui commanda une Danaé, qui devait servir de pendant à son Hébé; et Myris servit une seconde fois d'original. Sa vanité avait été flattée des éloges qu'elle avait reçus : une légéreté inexcusable, mais bien naturelle à son âge, détruisit les considérations qui pouvaient exister encore. Il faut tout dire aussi, elle avait senti le danger du rôle dont elle se chargeait. La vieille Crobile, qui ressemblait assez à un dragon qui

garde un trésor, ne la quittait jamais pendant le travail du peintre; et Aglaophon,
dont les intentions n'étaient plus équi-
voques, s'était engagé par serment à ne
former aucune entreprise qui pût lui dé-
plaire. Il s'éleva une grande dispute lorsqu'il s'agit de décider le genre de draperie
qui convenait à la nouvelle Danaé. Le
peintre espérait bien en tirer avantage.
Il dit qu'il travaillait pour Alcibiade, connaisseur éclairé des arts, qui ne lui par-
donnerait jamais d'avoir sacrifié la perfection de son ouvrage à des scrupules
aussi déplacés. Crobile, qu'il avait gagnée
d'avance, et qui était bien loin de partager la façon de penser de son élève,
l'appuya de tout son pouvoir. Leurs efforts auraient été inutiles, si une pensée
qui s'éleva à l'instant dans le sein de la
jeune Myris n'avait triomphé de sa répugnance. L'insensée craignit que l'artiste,
car Aglaophon n'était rien pour elle, ne
soupçonnât qu'elle avait un défaut caché
qui était la cause de son refus. Son orgueil

lui persuada que ce serait faire.t orà la
nature., qui l'avait si libéralement traitée.;
et, puisqu'elle avait décidé qu'elle repré-
senterait Danaé, elle voulut la représenter dans sa parure ordinaire. Cependant
Alcibiade, qui avait trouvé le moyen
d'assister aux séances sans que le peintre
s'en doutât, soutint qu'elle avait plus l'air
d'une Grace qui folâtre avec un Amour,
que de la véritable Danaé dont elle avait
pris la figure.

« Ce jeune homme, sur qui la volupté
avait autant d'empire que la gloire, avait
fait construire dans l'atelier de son peintre
un petit cabinet, dont lui seul avait la
clef, et où il allait souvent pour voir en
secret des modèles qu'il destinait à ses
plaisirs lorsqu'ils lui convenaient. C'était
pour cette raison qu'Aglaophon avait prétendu que son Hébé n'avait point eu
d'original ; mais il n'était pas facile de
tromper un connaisseur tel qu'Alcibiade.
Il reconnut dans ce tableau des femmes
qu'on ne peut dérober qu'à la nature ; et

il commanda une Danaé, pour savoir si
ses soupçons étaient fondés. L'impression
que le modèle fit sur lui fut trop vive,
pour que ce favori de la fortune et de la
nature, qui ne sut jamais sacrifier un
desir, fît difficulté de se montrer, et
d'interrompre le peintre au milieu de son
ouvrage.

« Tu peux quitter ta palette, Aglao-
« phon, lui dit-il. Ta Danaé doit être
« belle; mais elle ne vaudra jamais celle
« que je vois. Laisse-moi le soin de for-
« mer ce modèle enchanteur. Je te ferai
« savoir lorsqu'il sera temps de la pein-
« dre, si, en voyant tant de charmes, tu
« as encore la force de tenir ton pinceau. »

Le trouble de la jeune Myris serait
encore plus facile à peindre que la perfection que regrettait Alcibiade. Dans le
tumulte des sentimens divers qui partageaient son cœur, elle n'avait pu d'abord
rassembler ses idées; mais bientôt le
procédé du jeune homme et l'humiliation
qu'elle éprouvait prirent le dessus, et la

pauvre fille offensée versa un torrent de
larmes. Alcibiade n'était pas assez délicat
pour en être touché ; mais il était trop
poli pour ne pas la rassurer par un changement subit dans ses manières. Jamais
mortel ne posséda plus de facilité pour
changer de ton, et pour jouer sans préparation les rôles les plus opposés. Il
s'excusa avec tant de grace et de finesse,
il dit à la petite Myris des choses obli-
geantes d'un air si franc et si naturel,
qu'il était impossible qu'elle conservât du
ressentiment. Les égards qu'il lui témoignait contribuèrent beaucoup à la réconcilier avec lui ; à peine aurait-il témoigné
tant de respect à une femme d'un rang
égal au sien. Comment une jeune fille
n'aurait-elle pas été flattée des soins et de
la politesse d'un homme qui n'avait point
son égal dans toute la Grèce, et dont la
naissance, la figure, les qualités, les richesses et l'éloquence, lui donnaient un
pouvoir presque absolu sur Athènes enchantée ?

Non seulement Myris lui pardonna ;
mais ses yeux, en ne croyant exprimer
que la reconnaissance, annonçaient quelque chose qui ne devait être interprété
d'une manière favorable que par l'homme
le plus confiant et le plus avantageux qui
fût jamais. — « Il faut qu'on la présente
à Aspasie ; dit-il, en se tournant vers
Aglaophon et Crobile, avec cette charmante vivacité qui lui était si naturelle ;
mais on la nomme Myris, dites-vous ;
tant d'attraits méritent un autre nom. A
dater d'aujourd'hui, qu'elle s'appelle Danaé ; c'est ainsi que je veux l'annoncer à
Aspasie. Elle la verra ce soir même. —
Ecoutez, bonne femme ! » — Il prit la
vieille à part, causa un moment avec elle,
lui serra affectueusement la main, baisa
la mienne, et disparut.

CHAPITRE III.

Alcibiade procure à Danaé la connaissance d'Aspasie.

« Tu vois, mon cher Agathon, que je suis arrivée à cette époque qui devait décider du reste de ma vie ; et, quoique l'aveu que je vais faire de mes fautes me rende indigne de ton amour, je me crois obligée de dire que je ne puis encore penser à cet Alcibiade, qui m'a rendu Danaé, sans un sentiment de plaisir. Je ne chercherai point à me justifier ; peut-être l'essaierais-je, si mon dessein n'était pas de te convaincre que Danaé ne mérite pas l'honneur que tu veux lui faire. Il suffit qu'elle ne soit pas indigne d'être ton amie ; mais elle est trop fière pour chercher à s'excuser : un récit sincère de ses aventures sera la seule justification qu'elle veuille employer.

« D'après les renseignemens que je viens de te donner sur mon origine, suv

mon éducation, et sur les dispositions
où je me trouvais en arrivant à Athènes,
tu n'auras pas de peine à prévoir l'impression qu'un homme tel qu'Alcibiade
devait faire sur une jeune fille sans expérience, et abandonnée à elle-même. Il
m'eût été bien difficile de définir alors
qui était le plus épris de ma tête, de mes
sens, ou de mon cœur. Aujourd'hui que
j'ai plus d'expérience, et que je puis
examiner de sang froid les actions de ma
jeunesse, je crois pouvoir assurer avec
confiance que l'imagination et les sens y
ayaient bien plus de part que le cœur.

« Je n'ai connu dans ma vie qu'un seul
homme qui aurait pu lutter avec avantage contre Alcibiade. Les qualités de
ce dernier étaient aussi brillantes que son
extérieur. Rien n'égalait la vivacité de
son esprit, le charme de sa conversation,
et l'agrément de ses manières. Tous les
cœurs volaient au-devant de lui. Irrésistible lorsqu'il voulait plaire, brave comme Thésée, généreux comme un roi,

fier comme un demi-dieu, supérieur à
tous les hommes dans les moindres actions de sa vie, et, ce qui le rendait
plus dangereux encore, aimable dans ses
défauts comme dans ses vertus : il fallait
céder malgré soi à cet attrait dont il connaissait si bien le pouvoir. Jamais il n'a-
vait trouvé de femme invincible, et la
confiance que lui donnaient ses succès était
un garant de sa victoire. Malheureusement pour celles qu'il rencontra, il leur
inspirait un amour qu'il ne connut jamais. Il jouait avec les cœurs qu'il attirait
à lui. Un tempérament de feu l'aidait à
tromper les autres, à se tromper quelquefois lui-même. Trouvait-il une femme
qui allumât son imagination, chacun aurait cru que l'amour le plus violent était
entré dans son cœur ; peut-être le croyait-il
aussi : mais l'erreur ne durait qu'autant
qu'il avait quelque chose à desirer. Le
charme se dissipait lorsqu'on n'avait plus
rien de nouveau à lui offrir ; et l'infidèle,
impatient de voler à de nouvelles con-

quêtes, dédaignait d'employer ses talens
pour consoler ou pour entretenir dans son
erreur la malheureuse qu'il avait trompée.

« Tel était l'homme que le sort me fit
rencontrer pour me tirer d'un état auquel la nature ne semblait pas m'avoir
destinée, et pour me placer dans une
sphère où j'ai joué un rôle plus brillant
que je ne le souhaiterais aujourd'hui;
mais que je devais connaître, sans doute,
pour devenir ce que je suis.

« La vieille Crobile ne jugea pas à
propos de découvrir à son élève le prix
qu'Alcibiade voulait mettre aux droits
qu'il s'arrogeait sur Danaé; elle la prévint
seulement qu'elle eût à se tenir prête pour
être présentée ce même soir à Aspasie.

« La grande réputation de cette com-
pagne de Périclès, dont la mort n'a loi
avait presque rien ôté de son influence sur
Athènes et sur la Grèce, fit trembler la
nouvelle Danaé, en songeant qu'elle allait
paraître devant cette femme célèbre. Cependant on employa le temps qui restait

à parer la petite personne, de manière à gagner en sa faveur le premier coup-d'œil d'un juge aussi expert de la beauté : car je suis presque tentée de croire qu'elle avait, comme Socrate [1], un démon familier qui lui disait, dans ces occasions, *ce qu'il ne fallait pas faire*. Crobile, qui pouvait puiser dans la bourse d'Alcibiade, pensait qu'une mise brillante devait fixer l'attention d'une grande dame comme Aspasie ; mais Danaé connaissait mieux son intérêt. Rien de plus simple que la parure qu'elle choisit ce jour-là ; mais aussi rien de plus agréable : il semblait que les Graces eussent présidé à sa toilette.

[1] Le génie de Socrate, qui est encore un problème pour les savans, ne lui disait jamais ce qu'il fallait faire : « Les dieux nous « ont donné à cet effet les sens et la raison, « disait Socrate ; mais il est des momens où « ces directeurs et ces conseillers nous laissent « dans l'incertitude, ou servent à nous « tromper : alors il est heureux d'avoir un « génie qui nous dit : *Ne fais pas telle chose !* »

3, 10

« Jamais mon cœur ne battit plus vivement que lorsqu'une belle esclave me
conduisit à la chambre d'Aspasie, à travers une foule d'appartemens qui annonçaient la demeure d'une reine. Éblouie
de l'éclat qui brillait de toutes parts,
j'osais à peine lever les yeux, et, lorsque
je fus en présence d'Aspasie, je crus
voir une déesse. Elle était sur un lit de
repos, couvert de tapis de Perse, et semblait, en m'observant, jouir de mon embarras; mais il y avait quelque chose de
si touchant, de si délicieux dans une phy-
sionomie qui convenait à la majesté de
ses traits, ses regards pénétrans étaient
adoucis par un sourire si gracieux, qu'il
était impossible de la voir sans l'aimer.
J'éprouvais une nouvelle existence, un
bien-être inexprimable! il semblait que
je fusse transportée dans l'élysée ou dans
le palais des dieux : mon ame, satisfaite
de la vue d'un objet qui passait tous les
rêves de mon imagination, nageait dans
un océan de délices. Revenue de ma

première surprise, je me jetai à ses pieds, et j'osai lever sur elle des yeux qui, sans doute, exprimaient fidellement tout ce que j'éprouvais, et qui brillaient des pleurs de la plus douce sensibilité. ◆

« Aspasie, après avoir joui de cette sympathie qu'elle avait éprouvée en me voyant, jeta ses beaux bras autour de moi, et me pressa sur son sein, en disant : « Aimable enfant, la sensibilité que « tu viens d'éprouver à ma vue te fait « trouver dans Aspasie une amie qui « veut avoir pour toi la tendresse d'une « mère. »

« Comment répondre ? je ne trouvai point d'expressions, et des mots n'auraient jamais rendu ce que je sentais. Cependant elle parut contente de moi, et je fus obligée de me placer auprès d'elle.

« Quel changement dans ma position ! comment la fille d'une pauvre joueuse de flûte de Chios, l'élève de la vieille Crobile, qui était forcée de servir de mo-

dèle au peintre Aglaophon, aurait-elle
pu s'attendre, il n'y avait encore que
quelques heures, qu'elle serait assise auprès d'Aspasie, qui lui prodiguerait ses
caresses! Mais aussi quelle eût été son
infortune s'il avait fallu retourner dans
la maison de Crobile, et ne regarder le
bonheur dont elle jouissait que comme
un songe enchanteur? Cette seule pensée
aurait suffi pour le troubler; mais, toute
entière au présent, elle était loin de
songer à l'avenir.

« La généreuse Aspasie évita tout ce
qui pouvait détruire l'enchantement de
la jeune Danaé. Elle ne s'informa point
de mon état, elle n'eut point l'air d'en
être instruite. Elle ne parla point de mes
talens; et, pour prévenir l'inquiétude que
pouvait me donner l'incertitude de mon
sort, elle se leva, et me conduisit dans
un bel appartement voisin de celui qu'elle
occupait. « Voici ta demeure, chère Da-
« naé, me dit-elle; restes-y tant qu'il te
« plaira, et aussi long-temps qu'Aspasie

« te sera chère. » — « J'y resterai donc
« toute ma vie! » m'écriai-je dans l'ivresse
de mon enchantement.

CHAPITRE IV.

*Aspasie instruit Danaé du carac-
tère d'Alcibiade. Éducation de
Danaé dans la maison de la
veuve de Périclès.*

« Alcibiade arriva. Il ne fit pas sem-
blant de m'avoir vue dans l'atelier d'Aglaophon, et son procédé diminua l'embarras
et la rougeur que sa présence avait fait
naître. Ses manières furent polies, affec-
tueuses, et pleines de cette urbanité facile qui distingue les Athéniens des autres peuples de la Grèce, comme les
Grecs se distinguent en général, par leurs
connaissances et par leur esprit, des autres peuples du monde. La conversation
devint animée, et si nouvelle pour moi,
que mon attention fût extrême. Il parla
de galanterie et d'affaires d'état avec la

même légéreté, et avec ce ton facile et
dangereux qu'il prenait dans toutes les
circonstances, et qui le rendait aussi ré-
doutable pour sa patrie que pour le repos
des belles.

« Après quelques instans, il se leva,
s'excusa de ne pouvoir rester plus long-
temps avec Aspasie, et donna pour raison un engagement qu'il était impossible
de rompre.

« Voilà bien le mortel le plus aimable,
« le plus spirituel, le plus léger et le plus
« audacieux qui existe, dit Aspasie lors-
« qu'il fut parti. Je ne connais pas un
« défaut, pas une perfection qu'il ne pos-
« sède, ou qu'il n'ait l'air de posséder en
« effet. Périclès, dont il était le pupille,
« commit une grande faute en ayant trop
« d'indulgence pour ses faiblesses. Cha-
« cun le traitait de même, sans en ex-
« cepter Socrate. Depuis son enfance, il
« est gâté par tout le monde. Mais il plaît;
« ses méchancetés passent pour de jolies
« espiégleries, sa pétulance pour une ar-

« deur héroïque, les écarts de son esprit
« pour du génie, et ses saillies pour l'ef-
« fusion d'un cœur franc et sincère. Tou-
« jours il eut l'avantage, ou plutôt le mal-
« heur, de faire excuser ses vices par les
» formes agréables qu'il a su leur donner,
« et même quelquefois de les faire passer
« pour des vertus. Il amuse; au lieu de le
« punir, on l'encourage. Les Athéniens
« commencent à s'appercevoir un peu
« tard de l'empire qu'il a sur eux; mais sa
« fortune l'emporte sur leurs réflexions,
« et l'enchantement ne cessera que lors-
« qu'il les aura entièrement perdus. Il ne
« les traite pas mieux que nos belles.
« Son inconstance, sa perfidie, son or-
« gueil envers notre sexe, sont connus
« de tout le monde : cependant celles qu'il
« n'a pas encore trompées s'empressent
« d'augmenter le nombre de ses victimes.
« Chacune se flatte d'être plus séduisante,
« plus adroite ou plus heureuse que celle
« qui l'a précédée. On fait l'impossible
« pour l'attirer, pour le retenir dans ses

« chaînes, on l'aime avec une ardeur,
« avec une fidélité sans égale : il n'est
« point de sacrifice qu'on ne lui fasse;
« on cherche à s'éblouir sur son infidélité;
« et, lorsqu'on ne peut plus en douter,
« on se console en songeant qu'on a été
« aimée d'Alcibiade, et qu'on l'a été plus
« que les autres.

« J'ai cru nécessaire, ma belle amie,
« de te montrer cet homme dangereux
« sous sa véritable figure ; car tu le
« verras tous les jours. Moi-même j'ai
« subi la loi commune. Je l'aime tou-
« jours, quoique le temps où il pouvait
« être redoutable pour mon repos soit
« passé. Le tien est à peine arrivé, ma
« charmante amie; l'attachement que tu
« m'inspires m'engage à te dévoiler son
« caractère. Jamais je ne forcerai ton
« inclination! mon seul desir est de t'ins-
« pirer assez de confiance pour devenir
« ta confidente lorsque tu sentiras le be-
« soin d'en avoir une. »

« J'en fis le serment avec une naïveté

qui la fit rire; et j'ajoutai que le desir de
me rendre digne de sa tendresse rempli-
rait tout mon cœur, et ne lui laisserait
pas la possibilité de s'occuper d'un autre
objet.— « Tu n'as pas assez vécu, mon
« enfant, reprit Aspasie, pour répondre
« de ton cœur, et sur-tout pour connaître
« les dangers qui t'environnent. Ce n'est
« que dans quelques années que tu pour-
« ras y parvenir. En attendant, sers-toi
« de mon expérience; elle te sera néces-
« saire. Une femme sensible est bien à
« plaindre lorsqu'elle apprend à ses dé-
« pens qu'il faut se méfier d'un sexe qui
« ne cherche à satisfaire que sa vanité
« ou son plaisir, et dont nous sommes
« toujours les dupes, lorsque nous les ju-
geons d'après le nôtre. » — Je l'assurai
d'un ton qui partait du cœur, qu'à dater
de ce moment, mon premier soin serait
de la prendre pour modèle, et de suivre
en tout ses conseils.

« Mon expérience m'a appris, cher
Agathon, combien il était important pour

une jeune fille de connaître de bonne
heure une personne de son sexe, qui
prenne assez d'intérêt à elle pour diriger
les mouvemens de son cœur. Il n'y avait
que quelques instans encore que le mien
était rempli de l'image d'Alcibiade. Que
sa conquête eût été facile, si, au lieu de
me mettre sous la protection d'Aspasie, il
avait voulu se servir des moyens qui étaient
en son pouvoir pour me faire tomber dans
ses piéges; mais son intention était de rendre sa victoire plus difficile, quoiqu'il ait
eu depuis l'occasion de se repentir plus d'u-
ne fois d'avoir eu tant de confiance en lui.

« Le premier moment où je vis Aspasie
me donna un nouvel être. Le desir d'i-
miter la perfection que je croyais voir
en elle s'empara de mon ame. Mon cœur
me disait : Tu peux égaler un jour cette
femme accomplie ! Qu'était-elle à ton
âge ? moins que toi peut-être ! ... Cette
pensée me rendait fière de mon sexe.
Sans cet orgueil, qui nous défendrait des
attaques et des prétentions du vôtre ?

Auprès d'Aspasie, Alcibiade ne me parut plus le même. L'éclat de la première
affaiblissait le sien. Mes yeux s'arrêtaient
toujours avec complaisance sur sa figure,
je sentais que ses graces pouvaient-être
dangereuses; mais je sentais plus fortement encore la dignité qu'Aspasie m'avait
inspirée.

« Elle réunissait tous les soirs une société choisie. Sa maison était le séjour des
plaisirs, et le rendez-vous de tout ce qu'il
y avait de célèbre à Athènes. On y voyait
une foule de jeunes filles qu'on élevait
dans la danse, dans la musique, dans
l'art de réciter des poèmes, selon les dispositions que leur avait données la nature;
elles étaient dignes, par leurs charmes et
par leurs talens, d'orner la cour d'une
grande reine. [1]

[1] Cette circonstance pourrait bien avoir
donné lieu aux calomnies que l'on a répandues
sur le compte d'Aspasie. Elles n'avaient rien
d'extraordinaire dans une ville où la licence
des écrivains satiriques était poussée au plus

« Le premier jour où je fis connaissance avec les aimables filles d'Aspasie,
m'apprit combien j'étais éloignée de la
perfection d'un art où je croyais avoir
quelque mérite. Quelque temps après,
elle fit naître l'occasion de m'exercer dans
la danse pantomime avec les trois plus
séduisantes de ses esclaves ; elles ressemblaient aux plaisirs que les peintres et les
poëtes représentent sous la figure de

haut degré : ils ne ménageaient ni les talens,
ni la vertu, ni les honneurs, ni les dieux.
Aristophane crut trouver dans les plaisirs
qu'on goûtait chez elle un prétexte suffisant
pour la déchirer. Mais il suffit de songer que
Aspasie était l'épouse du premier et du plus
puissant des Grecs : Socrate lui présentait ses
élèves, et les grands d'Athènes leurs femmes ;
car sa maison était le rendez-vous de la bonne
compagnie. Il fallait avoir des mœurs aussi
dissolues qu'Aristophane pour représenter ce
temple du goût, de la politesse, des graces
et de l'éloquence , comme l'école du scan-
dale et des plus grands désordres ; et il n'y
avait que la populace qui pût croire à ces
mensonges.

jeunes filles, dansant devant le char de la déesse des amours. Aspasie se mêlait en riant parmi nous, et devint notre maître, en disant qu'elle ne voulait que nous diriger. Elle nous donnait des sujets tirés de la fable ou de l'histoire des dieux. Ma docilité, la sensibilité, l'expression avec laquelle je m'acquittais des rôles dont j'étais chargée méritèrent son approbation. Attentive à ses moindres signes, j'exécutais ses leçons à merveille; et comme elle se faisait un plaisir de continuer cet exercice, j'acquis en peu de temps une supériorité qui contribua beaucoup à augmenter l'attachement qu'elle avait pour moi. Aspasie passait pour la meilleure danseuse de la Grèce; elle avait conservé tant de goût pour cet art, que lorsqu'elle voyait que je saisissais bien un caractère, ou une situation, elle s'écriait, en oubliant ce qu'elle avait été: — « Cou-« rage, *Danaé! je retrouve en toi* « *ma première jeunesse.* » —

« Je joignais à ces exercices tous ceux

en usage chez les Grecs pour compléter
l'éducation de la beauté. Aspasie, qui
avait tant de raisons de me regarder
comme son ouvrage, faisait tous ses efforts pour perfectionner une femme qu'elle
formait avec complaisance. Les artistes
de tous les genres, qui avaient l'habitude de regarder la maison de Périclès
comme la leur, s'empressaient à l'envi
de seconder les intentions de ma bienfaitrice. Chacun était fier de contribuer
aux talens et à l'éducation de cette Danaé, qui semblait destinée à remplacer Aspasie. Le seul mérite que je puisse
m'attribuer était ma docilité, et mon
desir de plaire à une femme qui faisait
pour moi ce que la mère la plus tendre
fait à peine pour une fille unique. Je l'ai-
mais avec une tendresse inexprimable;
et je regardais mon application, et le
desir de la satisfaire en profitant de l'é-
ducation qu'elle me donnait, comme le
moyen le plus sûr de lui témoigner ma
reconnaissance.

CHAPITRE V.

Projets d'Alcibiade sur Danaé. Il augmente lui-même les difficultés, et il est pris à ses propres pièges.

« ALCIBIADE. — Car il faut bien revenir à lui ; il joue un rôle trop important dans notre histoire ; et, dans quelle circonstance pouvait-il en jouer un secondaire ! — Alcibiade vit avec plaisir que Danaé s'embellissait tous les jours sous la main des Muses et des Graces. Quelque forte que fût l'impression que j'avais paru faire sur lui dans l'atelier d'Aglaophon, son projet n'avait été d'attaquer sérieusement mon cœur que lorsque je serais devenue, sous la conduite d'Aspasie, ce que je pouvais être un jour. Son orgueil se flattait d'une victoire éclatante. La complaisance des belles Athéniennes le mettait dans le cas d'attendre commodément cette époque ; et, en supposant

que sa modération dût lui coûter quelque
effort, il en était bien dédommagé par
le plaisir d'observer un cœur naïf, et de
faire sur lui toutes les tentatives qui lui
paraissaient convenables.

« Quelque novice que fût Danaé, elle
remarqua dans la conduite d'Alcibiade
quelque chose qu'elle ne pouvait définir,
mais qui ne lui donna pas une idée bien
avantageuse de sa façon d'aimer. Lorsqu'il la voyait, ses yeux semblaient exprimer moins de plaisir que d'envie de
lire dans son ame; et, dans les momens
où il paraissait le plus épris, moins de
tendresse que de desir. Elle découvrit peu
à peu qu'il mettait plus d'importance à la
convaincre du pouvoir de ses propres
charmes que de l'effet des siens, et que
celles qui étaient assez malheureuses pour
l'aimer trouvaient dans sa vanité leur
plus dangereuse rivale. Une jeune fille,
dont l'esprit est vif, le cœur sensible, qui
sait qu'elle est supérieure à la plupart des
femmes, a trop de vanité elle-même pour

excuser celle de son amant. La conduite
d'Alcibiade lui parut une espèce de défi,
et elle résolut de s'opposer à ses projets
avec autant de force qu'on peut en avoir
à quinze ans. Mais, ce que la pauvre fille
ne savait pas, ce qui ne pouvait échapper
à l'expérience et à la pénétration d'Alcibiade, c'est que, malgré sa résolution,
elle était éprise de lui, au point de ne
trouver rien de plus beau que sa figure,
rien de plus aimable que sa conversation; qu'elle ne se plaisait qu'avec lui;
que ses applaudissemens la flattaient
plus que celui des autres; et qu'elle s'in-
téressait aussi vivement à sa gloire et
au succès de ses entreprises que pouvait
le faire un ancien ami, ou une nouvelle
amante.

« L'avantage qu'elle donnait ainsi à
Alcibiade était trop grand pour échapper à
l'attention d'Aspasie; mais Danaé croyait
son cœur libre, et cette persuasion l'entretenait dans une sécurité dangereuse.
Alcibiade l'amusait; sa vivacité, son es-

prit, ses saillies, le talent qu'il avait à
saisir les ridicules, sa manière de conter et de peindre, l'art de rendre une bagatelle intéressante, tant de qualités enfin
qui le rendaient l'effroi des sots, et l'a-
mour des gens d'esprit, augmentaient le
plaisir qu'elle avait à le voir. Elle convenait qu'il était aimable ; mais elle ne pouvait concevoir que cet homme dût être
dangereux. Cette disposition était très-fa-
vorable aux projets d'Alcibiade. A moins
de le bien connaître, on n'aurait jamais
cru qu'il en eût sur Danaé. Il ne paraissait occupé qu'à la divertir aux dépens
des jeunes femmes d'Athènes. Il l'entretenait souvent des heures entières de leurs
défauts, sans lui parler un moment de ses
qualités. S'il lui disait quelquefois des dou-
ceurs ; c'était d'un air si libre, si dégagé,
avec un ton si légérement insensible, que
de cette manière il aurait pu faire la déclaration d'amour la moins équivoque,
sans qu'elle eût cru nécessaire d'en témoigner son mécontentement. Cette con-

duite adroite lui donna le double avantage d'habituer Danaé à ne prendre aucune précaution contre lui , et de profiter de l'amitié et de la parenté qui l'unissaient à Aspasie, pour prendre bien des
familiarités qui ne paraissaient d'aucune
importance avec un homme qu'on voit
tous les jours dans l'intimité la plus parfaite. Insensiblement, il étendit ses pri-
viléges ; mais avec tant d'art, en observant une gradation si fine, que Danaé,
qui ne se méfiait ni de lui ni d'elle-même,
ne se serait pas apperçue des progrès qu'il
avait faits, si Aspasie, qui les observait
attentivement, ne lui avait ouvert les yeux
sur les desseins d'Alcibiade, et sur le danger qu'elle courait.

« L'idée de s'être laissée prendre comme une folle, blessa l'orgueil de la jeune
Danaé, elle descendit dans son cœur, et
trouva qu'il était disposé à aimer le volage,
si la nature qui avait été si prodigue envers
cet homme extraordinaire lui avait accordé de la sensibilité. Cette découverte

l'entretint dans la pensée de le punir de
ce qu'il ne savait pas faire la différence
du cœur de Danaé à celui des femmes
ordinaires. Aspasie, qui avait plus d'une
raison d'humilier Alcibiade, l'instruisit
de la façon dont elle devait se conduire
pour faire échouer ses projets, au moment où il se croirait sûr de la victoire.
L'épreuve était dangereuse ; Aspasie ne
le dissimula pas : mais la gloire d'être la
première à venger tout son sexe des for-
faits de cet insolent vainqueur était trop
grande, pour ne pas essayer de l'obtenir.
Alcibiade, loin de penser qu'on osât former un complot contre lui, justifia bientôt les prédictions de la prudente Aspasie.
Il crut avoir bien pris ses mesures. Tout
semblait favoriser son dessein , et lui
présager le succès. Danaé paraissait dans
des dispositions propres à encourager un
amant moins entreprenant que lui. Sa
gaieté avait ce tendre abandon qui rend
une femme si séduisante lorsqu'elle est
dans l'âge des plaisirs; et ses yeux pro-

mettaient ce qu'elle était loin de vouloir tenir.

« Alcibiade avait trop d'expérience pour se priver, par un empressement déplacé, d'une foule de petites jouissances qui devaient relever le prix de sa victoire, et préluder à ses plaisirs. Il avait pour maxime : *qu'il valait mieux agir sur l'imagination d'une femme que sur ses sens.* Conformément à ses principes, il profita d'un discours de Socrate sur les limites du beau, pour agiter la question de savoir jusqu'où l'on pouvait porter l'art de la pantomime dans la représentation de certaines aventures, tirées de la chronique scandaleuse de l'Olympe. Il parla sur cet objet comme un second Socrate, et affecta, pour exciter l'amour-propre de Danaé, une sévérité de mœurs qui pouvait être placée dans la bouche d'un sage, mais qui n'était que ridicule dans celle d'Alcibiade. « Socrate excuse Ariadne, qui se laisse « consoler par Bacchus. L'art de la danse

« peut aller jusque là, disait-il; mais une
« Léda!.... Comment figurer ce person-
« nage, sans offenser la pudeur et les
« graces? » — Le traître connaissait le
faible de la jeune personne à qui il parlait:
Danaé aimait à l'excès la danse pantomime; et l'on s'accordait à dire qu'elle
possédait ce talent au suprême degré.

« On avait bien raison! » dit Agathon
en poussant un soupir.

« On vantait sur-tout l'expression
qu'elle savait donner à ses mouvemens,
et la gradation fine et variée qu'elle exprimait aux passions qu'elle devait prendre. Piquée du rigorisme outré d'Alcibiade, peut-être aussi par une vanité naturelle à son âge, elle entreprit de prouver qu'on pouvait rendre une scène dont
dont elle ne se dissimulait pas la difficulté,
et soutint qu'il n'était pas impossible
d'entourer la fable de Léda du voile des
graces de Socrate, sans nuire à la vérité de l'expression. Alcibiade soutint le
contraire avec tant d'assurance, que le

seul moyen de le confondre fut d'exécuter devant lui ce qu'on avait avancé. Sûre
de son triomphe, elle entreprit de faire
Léda; et si Aspasie, témoin invisible
de cette scène, ne l'a pas flattée, elle tint
tout ce qu'elle avait promis. Mais quoiqu'Alcibiade parût enchanté des graces
et de la danse de la jeune insensée, il
ne voulut pas convenir qu'elle avait rempli son rôle avec vérité.

« La dispute qui s'éleva entre eux à ce
sujet devint assez vive, pour qu'il se flattât
d'en tirer parti.

« Il pensait que le seul obstacle qui empêchait sa jeune amie de faire de cette
scène le chef-d'œuvre de son art provenait de son peu d'expérience; il offrit
ses services de la meilleure grace du
monde. Il était impossible de s'y prendre
avec plus d'adresse, et peut-être serait-il
parvenu à rendre la nouvelle Léda aussi
expérimentéeque l'ancienne, si Danaé, qui
se ressouvint des conseils d'Aspasie, ne
lui eût échappé au moment où il croyait

la tenir. Il connaissait trop bien la maison, pour ne pas savoir que le chemin
qu'elle avait pris en fuyant conduisait
dans un cabinet dont la disposition était
plus convenable aux leçons qu'il voulait
lui donner, que l'endroit où ils étaient
auparavant; cette circonstance lui parut d'un bon augure. Il la suivit avec
empressement, et se crut aussi sûr de
la victoire, qu'Apollon lorsqu'il poursui-
vait Daphné sur les bords du Pénée. Mais
quelle fut sa confusion, lorsqu'en en-
trant dans ce cabinet, il la vit se précipiter dans les bras d'Aspasie, qu'il était
bien éloigné de croire dans cet endroit.

« Cette fuite paraissait trop bien con-
certée pour qu'il pût l'attribuer au hasard. Jamais il n'eut besoin de plus d'efforts pour cacher le mécontentement qu'il
avait de s'être laissé prendre à ses propres
piéges. Cependant il fit assez bonne con-
tenance, et plaisanta de son mieux sur
le peu de succès d'une entreprise, sur
laquelle les deux amies lui faisaient en

riant des reproches. Enfin, fatigué du
rôle incommode qu'il remplissait, il se
retira, indécis sur la vengeance qu'il voulait tirer de la petite, trompeuse et de sa
déesse protectrice.

« Aspasie avait-elle bien fait d'exposer
une jeune fille, à qui elle servait de mère, à
un danger auquel il était bien difficile
qu'elle échappât toujours? non, sans doute ! Mais vraisemblablement elle n'avait
pas envie de faire de Danaé autre chose
qu'une seconde Aspasie. Peut-être ne pré-
vit-elle pas l'impression qu'une scène de
cette espèce devait faire sur l'imagination
et sur les sens d'une jeune personne, ou ne
la crut-elle pas assez importante pour balancer l'avantage que lui vaudrait l'art de
déjouer la ruse par des ruses plus adroites
encore; un art qui, dans les circonstances
où se trouvait Danaé, et d'après les qualités qu'on lui attribuait, ne pouvait rester un secret pour elle qu'aux dépens
de sa sûreté.

« Quoi qu'il en soit, ce petit événe-

3. 11

ment lui rendit Danaé plus chère; elle
ne la traita plus que comme une personne qui méritait toute sa confiance, et
qu'elle voulait rendre dépositaire de tous
ses secrets. — « Tu es digne, disait-elle
« en m'embrassant tendrement, de suc-
« céder à Aspasie, et je prends tant de
« part à ce qui t'intéresse, que je te verrais
« me surpasser sans envie. » — Elle s'oc-
cupa plus particulièrement encore à former mon esprit, et à me faire connaître le
monde et les hommes. Enfin elle voulut
m'initier dans les mystères d'un art qui
avait rendu Socrate son élève, Périclès son époux, et qui, sans d'autres
avantages que ceux qu'elle avait reçus
de la nature, lui avaient donné tant d'influence sur les affaires de la Grèce.

« La façon de penser de Danaé, qui
l'éloigna toujours de l'envie de jouer un
grand rôle sur la scène du monde, l'empêcha de profiter des leçons d'Aspasie,
au point où celle-ci semblait le desirer;
mais elle convient qu'elle lui doit le dé-

veloppement de son esprit, la délicatesse
de son goût, la sûreté de son jugement,
et les connaissances dont l'expérience
seule lui apprit à connaître la valeur. Son
souvenir m'est bien précieux, mon cher
Agathon, et tu verras bientôt que les
conseils qu'elle me donna font honneur
à la mémoire d'une femme qui venge
complétement l'idée peu favorable que
votre sexe a des talens du nôtre.

CHAPITRE VI.

Nouvelle ruse d'Alcibiade. Preuve
de la philosophie d'Aspasie.

ALCIBIADE ressentit vivement la petite humiliation qu'il avait éprouvée ; non
qu'il ne se crût en état de faire réussir
les projets qu'il avait formés sur Danaé,
qu'il regardait comme devant lui appartenir bientôt, mais parce que la publicité
qu'on avait donnée à cette aventure pouvait le rendre la fable de la ville, et le ra-
baisser à ses propres yeux. Il crut ne pou-

voir mieux se venger de moi qu'en me
témoignant une indifférence qui devait,
selon lui, me faire perdre à jamais la prétention d'avoir touché son cœur.

« Pour cet effet, il enleva publiquement,
et avec beaucoup d'appareil, Panychis,
jeune esclave d'Aspasie, qui, si l'on en
excepte un assez grand fonds de complaisance, une voix médiocre et quelque
talent pour la pantomime, n'avait rien
qui justifiât la passion qu'il affectait pour
elle. Son but était d'affliger Aspasie et son
élève, en faisant passer cette petite créature pour la personne la plus admirable
de la Grèce, ou du moins en cherchant
à le persuader. Comme il était en possession de donner le ton, qu'il traînait à
sa suite une foule d'amis, de flatteurs et
de parasites, qui ne faisaient aucune difficulté de servir aveuglément ses caprices; qu'il n'y avait point de difficulté
qu'il ne surmontât, point de dépense qu'il
ne fît, point de moyen qu'il n'employât
pour se procurer une simple fantaisie,

il réussit à rendre la petite Panychis
l'idole du jour. Mais les conseils d'Aspasie et l'extrême docilité de Danaé ren-
dirent ce petit triomphe inutile, et dé-
truisirent l'espoir qu'il avait eu de les
humilier.

« Cependant, pour continuer d'être
aussi sincère que je l'ai été jusqu'ici, je
suis forcée de convenir que la jeune
Danaé payait bien cher le plaisir d'avoir
fait cette petite malice, par l'impression
que cette scène avait laissée dans son
cœur. A peine fut-elle seule, que mille
objets séducteurs s'emparèrent de son
imagination. Un desir inquiet, qu'elle ne
pouvait définir, lui faisait desirer de savoir ce qui serait arrivé si elle avait été
plus docile aux leçons d'Alcibiade. Elle
rougit en songeant qu'une nouvelle occasion lui procurerait les moyens de s'en
instruire ; mais il ne dépendait pas d'elle
d'éloigner cette pensée, ou du moins elle
ne fit pas tout ce qu'elle aurait pu faire
pour y parvenir. L'image d'Alcibiade se

présentait à son esprit, parée des couleurs
les plus séduisantes. Le charme devint si
grand, que sa tranquillité fut altérée.
Qu'il était pénible, dans une telle disposition, d'être abandonnée pour une Panychis ! Sans les tendres soins d'Aspasie,
elle n'aurait pas eu assez de force pour
cacher sa faiblesse à celui qui la causait;
car il ne laissait échapper aucune occasion
de la persuader de son indifférence, et
de l'amour qu'il avait pour sa rivale.

« Quoique Danaé n'eût pas ouvert son
cœur à Aspasie, celle-ci en vit tous les
mouvemens, et vint à temps à son secours. Elle s'était apperçue que la maladie de son amie était bien plus dans sa
tête que dans son cœur : le remède lui
parut facile. L'imagination de la jeune
personne était en jeu, son amour-propre
offensé; une diversion devenait nécessaire : il ne s'agissait que de trouver
quelqu'un qui devînt l'objet de ses affections, et dont la rivalité mît Alcibiade
au désespoir, en lui ôtant les moyens de
réussir.

« Axiochus était jeune, de la plus belle figure, de la plus grande espérance. Quoiqu'il fût lié avec Alcibiade, il souffrait impatiemment sa supériorité ; Aspasie le crut propre au dessein qu'elle avait formé. Il avait conçu pour Danaé la passion la plus vive, et cet amour s'accrut encore par la résistance qu'on assurait qu'elle avait opposée à son ami. Il s'en trouvait beaucoup dans le même cas que lui, Alcibiade les avait tous éloignés. Son aventure avec la danseuse Panychis renouvela leurs prétentions. L'envie de dissiper cet essaim de rivaux et de faire oublier Alcibiade, qui, selon son habitude, s'était vanté de posséder mon cœur, engagea le bel Axiochus à faire tous ses efforts pour plaire à la confiante Danaé.

« Aspasie, dont il était le parent, le soutint de tout son pouvoir ; et Danaé, sans se rendre compte de ce qu'elle éprouvait, justifia bientôt les prédictions de sa prévoyante amie. Sans éprouver pour Axiochus aucun de ces mouvemens qui

méritent le nom d'amour, elle sentit
pourtant qu'il était digne d'être aimé; et,
quoiqu'elle n'eût pas le projet d'encourager ses espérances, elle écoutait avec
plaisir le serment qu'il lui faisait de l'aimer toujours. Ses yeux s'arrêtaient avec
complaisance sur un homme qui, excepté
l'inimitable Alcibiade, méritait la préférence sur tous ses rivaux. Loin de s'inquiéter des suites de cette aventure, elle
s'abandonna à l'impression agréable qu'il
faisait sur elle, ainsi qu'aux séductions
de sa vanité, qui se réunissaient pour la
consoler de la perte d'un amant dont la
conduite justifiait l'odieux portrait qu'Aspasie avait fait de son caractère.

« Axiochus, qui espérait obtenir
chaque jour un nouvel avantage sur le
cœur de Danaé, et qui se flattait de bien
connaître notre sexe, ne s'apperçut pas
qu'il ne devait qu'à Alcibiade l'avantage
prétendu qu'il croyait avoir remporté.
Cependant il aurait pu recueillir un jour
tout le fruit d'une erreur où l'avait en-

traîné Danaé, si Aspasie n'avait encore
été pour elle un génie protecteur. Cette
femme extraordinaire veillait, en con-
duisant sa pupille sur un sentier glissant,
où l'innocence peut tomber à chaque pas.
Elle se servit de sa pénétration ordinaire,
et de la grande connaissance qu'elle avait
du monde et des hommes, pour la préserver d'une chûte. — O Agathon! pourquoi devait-il arriver ce moment fatal où
toutes les séductions devaient s'emparer
de mon cœur, et rendre inutiles des avis
qu'elle crut nécessaire de me donner, et
dont tu vas reconnaître la sagesse ?

« Les hommes, disait Aspasie, en
vertu d'un pouvoir usurpé et d'une perfection qu'il leur est impossible de prouver, ont fait avec nous le partage le plus
injuste et le plus inégal. Non contens de
nous exclure des places, des emplois et
des affaires importantes, il se sont em-
parés de la législation, l'ont disposée entièrement à leur avantage; nous ont for-
cées d'obéir à des lois tyranniques, qui,

11 *

loin d'avoir obtenu notre suffrage, nous
enlèvent tous les droits des êtres libres
et raisonnables. Après avoir fait tout ce
qu'il fallait faire pour nous ôter les
moyens et jusqu'à la pensée de nous
soustraire à leur injuste domination, ils
ont eu assez peu de générosité pour insulter à notre servitude. Ils prétendent
que notre sexe est faible, nous trai-
tent en conséquence, exigent, pour prix
de leur injustice, que nous souffrions
leurs soins, que nous leur donnions notre
amour ; ils emploient toutes les séductions pour nous persuader qu'ils ne peuvent être heureux sans notre tendresse,
et nous punissent lorsque nous avons la
faiblesse de les écouter et de faire leur
bonheur. Certes, s'il est un moment où
les hommes ont de l'avantage sur nous,
c'est dans cette circonstance. Nous mé-
ritons d'être punies lorsque nous sommes
assez faibles pour aimer ces ennemis de
notre repos, ces tyrans de notre existence, ces ravisseurs de nos droits natu-

rels. Pourquoi ne sentons-nous pas les
forces que la nature nous a données ?
Pourquoi ne savons-nous pas en faire
usage ? — *Nous sommes le sexe fai-*
ble, eux le sexe fort ! Ridicule prétention ! il leur sied bien de vanter leur
force, tandis que la plus faible de nous
peut, d'un regard ou d'un sourire, faire
tomber à ses pieds leurs héros et leurs
demi-dieux. C'est la bonté de notre cœur
qui fait notre faiblesse ; c'est la plus belle
de nos vertus qui nous a rendues crimi-
nelles aux yeux de ce sexe orgueilleux.
— Ils ont décidé qu'ils étaient le sexe par
excellence ! — Ne leur sommes-nous pas
égales en talens, en mérite, en vertus ?
Nous les surpassons sans doute en graces,
en beauté ; nos sentimens sont plus délicats, nos esprits plus souples, plus vifs,
plus faciles ; nos cœurs plus généreux,
plus courageux, plus constans. Quel
homme supporterait les souffrances que
les femmes endurent ? Peuvent-ils se
vanter d'avoir donné, comme elles, au-

tant d'exemples de ces vertus qui n'appartiennent qu'aux grandes ames ? — Cependant il nous reste des avantages que nos tyrans n'ont pu nous ravir. Ces qualités inaliénables prouvent ce que nous serions devenues, si l'éducation qu'ils nous donnent, les préjugés qu'ils nous inspirent, les occupations auxquelles ils nous condamnent, le cercle de bagatelles dans lequel ils nous enferment, n'avaient arrêté l'essor de nos talens et le développement de nos moyens. — Mais nos tyrans nous ont destinées à n'être que les instrumens de leurs plaisirs. Ils craignent l'ascendant de la beauté, le charme plus puissant encore de notre esprit. Ils sentent qu'il leur serait impossible alors de conserver un pouvoir, auquel (abstraction faite de la force de leurs bras) la nature ne leur a donné aucun droit. Enfin ils sont parvenus à nous asservir ; et cette usurpation est trop bien affermie par le temps et par l'habitude, pour que le petit nombre de femmes,

qu'un heureux hasard aurait rétabli dans
la possession de ses droits naturels, puisse
entreprendre la délivrance de son sexe
Ainsi donc la seule chose que nous ayons
à faire est que chacune de nous veille à
sa conservation par tous les moyens qui
sont en son pouvoir; et, si elle est assez
heureuse pour marcher sur les traces
d'Aspasie, le meilleur usage qu'elle puisse
faire de ses connaissances est de les consacrer à l'utilité des jeunes personnes de
son sexe que la nature a distinguées de
la foule, en leur faisant part d'une expérience achetée bien cher sans doute,
mais qui peut servir du moins aux compagnes de son esclavage.

« Écoute-moi donc avec attention,
chère Danaé, et sois sûre que le bonheur
de ta vie dépendra de l'usage que tu feras
de mes leçons.

« Une personne de notre sexe, qui
possède le douteux avantage d'attirer par
sa beauté l'attention des hommes, doit
employer ses soins et ses efforts à se tenir

dans une indépendance absolue de ces
maîtres du monde, et à prendre sur eux
le plus grand empire. Pour cet effet, la
nature nous a donné des armes enchantées qui triomphent de leur sagesse et de
leur force imaginaire. Ici, l'avantage est
entièrement de notre côté ; mais malheureusement, en nous fournissant des armes offensives contre nos adversaires, la
nature semble avoir oublié de nous apprendre à nous défendre nous-mêmes.
La défensive est notre côté faible, et
c'est alors que nous avons besoin d'employer l'art pour réparer les torts de la
nature.

« Si des sens faciles à émouvoir, une
imagination ardente et toujours occupée,
un cœur tendre et flexible, sont des dons
précieux attachés à notre existence ; ils
nous exposent souvent aux attaques et
aux embûches de nos ennemis. Que cette
expression ne t'étonne pas, Danaé! Il est
nécessaire que tu t'habitues à regarder les
hommes comme tes ennemis. Jeunes,

nous sommes la dupe de notre franchise,
de la bonté de notre cœur, et toujours
disposées à regarder comme amis ceux
qui nous flattent et qui nous caressent.
Dans cet âge heureux, où l'habitude de
vivre en bonne intelligence avec la nature
ne nous permet de porter autour de nous
que des regards satisfaits, comment se
persuader qu'un être dont l'approche répand de douces émotions dans notre ame,
dont le langage pénètre si délicieusement
dans notre cœur, puisse être dangereux
pour notre repos ! Mais lorsque l'ingrat
n'a plus rien à desirer, il dédaigne ce qui
faisait son bonheur, et reprend sa véritable figure, qui ne ressemble en rien à celle
qu'il avait lorsqu'il voulait plaire.

« Le moyen le plus sûr de préserver
ton cœur de la séduction est d'apprendre
à connaître les hommes, de manière qu'ils
ne puissent t'inspirer aucune estime; car
c'est ordinairement le moyen dont ils se
servent pour surprendre notre amour)
c'est d'avoir une très-grande opinion de

notre sexe, une très-faible du leur ; c'est,
au lieu de nous aveugler sur les sentimens
qu'ils affectent pour nous, d'être assez sincères pour convenir qu'ils ne cherchent
à satisfaire que leurs desirs ou leur vanité;
d'avouer franchement que nous ne sommes pas meilleures sur ce point ; enfin, de
chercher à émousser nos sensations par
le travail et par des distractions utiles,
et d'éviter, en exposant notre cœur à
tant d'impressions différentes, qu'un seul
objet s'empare de notre sensibilité.

« Cette conduite est difficile ; mais elle
procure une satisfaction inappréciable,
c'est d'être bien avec soi-même; elle nous
maintient dans les prérogatives et dans
la dignité de notre sexe, et nous dédom-
mage d'une vigilance pénible et de la perte
des agréables illusions de l'amour. Moins
nos adorateurs prendront de pouvoir sur
notre ame, plus nous en aurons sur la
leur. Pour y parvenir, il faut avoir des
grâces, des qualités, des talens qui attirent, plaisent, enchantent, et nous don-

nent sans cesse l'attrait de la nouveauté,
Il faut qu'on ne puisse se passer de nous,
par le charme et la variété que notre commerce enchanteur doit répandre sur tout
ce qui nous entoure. Cette théorie n'est
pas à la portée de tout le monde ; elle ne
convient qu'à Danaé où à ses pareilles :
mais, comme nous parvenons plus facilement que les hommes à la perfection dont
je parlais tout à l'heure, le double avantage que nous obtenons en formant notre
esprit ne pourrait - il pas nous faire surmonter aussi les grandes difficultés qui y
sont attachées ? La beauté est un grand
avantage pour relever l'éclat de l'esprit et
des talens ; cependant ils font plus pour elle
qu'elle ne fait pour eux. Une femme aimable, embellie par la raison, le goût
et les connaissances, d'un esprit brillant
et d'un commerce agréable, l'emportera
toujours sur la personne la plus belle qui
n'aurait pas ces qualités.

« La femme qui, sans cesser d'être un
« objet agréable, intéresse un amant ou

« un ami, qui sait se rendre nécessaire par
« sa présence d'esprit dans les occasions
« difficiles, par ses conseils dans les affai-
« res, qui l'amuse par sa gaieté et par
« ses talens, et l'attache par sa raison; qui
« se sert des leçons que lui ont données
« les Muses, et des graces qu'elle a reçues
« de la nature pour multiplier les liens
« qui l'unissent à elle, cette femme, Da-
« naé, est plus puissante que l'épouse
« d'un grand roi; elle règne sur les cœurs.
« Tous ceux qui ont de la raison ou du
« sentiment s'empressent de lui rendre
« hommage. Les philosophes, les héros,
« les artistes célèbres composent sa cour.
« Son suffrage est une faveur. Le poète, le
« peintre n'est content de son ouvrage
« que lorsqu'il a le bonheur de lui plaire,
« et le sage ne rougit pas d'écouter ses
« leçons. Sa domination ne s'étend pas
« seulement sur l'empire des arts; l'in-
« fluence qu'elle obtient sur ceux qui gou-
« vernent les peuples la rend le mobile
« des actions politiques de ce monde; et

« souvent elle décide bien ou mal du sort
« des nations.

« La belle Thargélie, qui régna sur
« les Thessaliens, après avoir joué un
« rôle assez brillant en Ionie, fit pour moi
« ce que je desire faire pour Danaé: ses
« leçons me formèrent ; son exemple
« m'encouragea. La réputation que j'a-
« vais acquise à Milet m'ouvrit le che-
« min d'Athènes. Une femme qui unis-
« sait à toutes les qualités que les hom-
« mes desirent dans son sexe, celles qu'on
« doit regarder comme des propriétés
« particulières au sien, parut un prodi-
« ge. Aspasie attira l'attention générale.
« Bientôt elle devint l'objet de l'admira-
« tion des uns et de l'envie des autres. On
« lui fit un crime d'attirer chez elle les
« personnages les plus illustres et les plus
« importans d'Athènes. Comme sa mai-
« son n'était ouverte qu'aux gens du plus
« haut rang, ou du premier mérite, le
« grand nombre de ceux qui étaient
« exclus s'en vengea en diffamant ses

« mœurs. Ces calomnies ne changèrent
« pas sa façon de vivre. Satisfaite d'avoir
« pour amis les plus grands hommes de la
« Grèce, elle méprisa les jugemens du
« vulgaire, et les sarcasmes des histrions
« d'Athènes. Sa maison devint le rendez-
« vous des artistes et des beaux esprits.
« Les hommes d'état la visitèrent pour
« se délasser dans le sein des Muses et des
« Graces; les Anaxagoras et les Socrate,
« pour éclaircir l'obscurité de leur philo-
« sophie; les Phidias et les Xeuxis, pour
« saisir de belles conceptions; les poètes,
« pour donner le dernier poli à leurs ou-
« vrages; la brillante jeunesse d'Athènes,
« pour former son ton et ses manières,
« ou du moins pour se vanter d'avoir
« fréquenté l'école d'Aspasie. — Les plus
« grands orateurs se firent honneur d'a-
« voir appris d'elle les secrets de leur art;
« et cette Aspasie, qui, d'abord n'était
« pas plus habile que Danaé lorsqu'Al-
« cibiade la surprit dans l'atelier de son
« peintre, devint l'épouse de Périclès,

« et régna avec autant de pouvoir sur
« la Grèce que Thargelie sur les Thessa-
« liens.

 « Mais laisse - moi te dire ce que je
« ne saurais trop te répéter : jamais As-
« pasie n'aurait joué un rôle aussi bril-
« lant ; peut - être n'eût - elle été qu'une
« Némée ou une Théodota [1], si, moins
« maîtresse des mouvemens de son cœur,
« moins prudente dans sa conduite, elle
« avait négligé de mériter l'estime de
« ceux dont le suffrage en était la preuve.
« Crois-tu que Périclès l'eût choisie pour
« sa femme s'il n'avait jugé qu'elle en
« était digne ? »

[1] Deux courtisanes célèbres par leur
beauté.

LIVRE XV.

Suite de l'histoire secrète de Danaé.

CHAPITRE PREMIER.

Mort d'Aspasie. Premier égarement de la belle Danaé.

« Danaé aurait pu devenir une seconde Aspasie sous la conduite d'une femme aussi expérimentée que la veuve de Périclès ; on lui donna même ce surnom, qui exprimait à ses yeux le modèle et la perfection de son sexe. Mais, si elle fut indigne de cette femme célèbre, c'est que la nature avait mis dans son cœur un fonds de sensibilité et de faiblesse, qui rendit inutile la plus grande partie des sages leçons d'Aspasie, et qui l'empêcha de suivre le grand exemple qu'elle lui avait laissé.

« Depuis le dernier entretien que Da-

naé avait eu avec Aspasie, elle n'agissait
plus que par ses conseils, et il lui fut
d'autant plus facile de prévenir les projets
d'Axiochus, que l'impression qu'il avait
faite sur elle n'avait pas été bien profonde.
Cependant elle le traitait si bien en apparence, que le public, et même Alcibiade, qui ne la perdait pas de vue, malgré
son indifférence affectée, le crurent plus
heureux qu'il ne l'était en effet. Axiochus
avait trop bonne opinion de lui pour
douter de sa victoire; chaque mot que
Danaé lui disait, le moindre regard, et
jusqu'à sa rigueur même, il interprétait
tout à son avantage. Il augmenta les soupçons et la jalousie de son ami, par la confi-
dence qu'il lui fit de ses prétendus succès.
Alcibiade ne pouvait concevoir qu'un
autre eût la témérité de s'emparer d'un
bien qu'il aurait disputé au souverain des
dieux. Sa passion en devint plus vive.
La petite Panychis fut congédiée avec
autant de publicité qu'il en avait mis à
la prendre. Sa première inclination pour

Danaé avait été une fantaisie bien plus
que de l'amour. Maintenant ce qu'il res-
sentait, ou paraissait ressentir pour elle,
portait tous les caractères d'une passion
véritable. Il ne fallait pas lui en vouloir
si son amour n'était pas sincère ; car alors
il était lui-même la dupe de son cœur.
Impatient dans ses desirs, ennemi de
toute espèce de contrainte, personne ne
prenait plus facilement les formes et le
ton qui convenaient à l'objet qu'il voulait
séduire. Il excita l'étonnement de ses amis
et le sien propre par une métamorphose
qu'il prit pour un miracle de l'amour ;
mais qui était bien plus l'ouvrage de son
amour-propre. Enfin la crainte de se voir
préférer Axiochus, qu'il regardait comme le seul homme digne de lui disputer
un cœur, changea un moment son caractère. Il devint tendre, attentif et modeste.
Tous ses soins, ses desirs, ses pensées,
se tournèrent vers un seul objet ; et, ce
qui tenait véritablement du prodige, c'est
qu'il semblait avoir déposé aux pieds de

sa divinité son orgueil et ses prétentions.

« Malheureusement pour lui, Aspasie ne laissa pas sa jeune amie jouir en paix du triomphe qu'elle croyait devoir à ses qualités. Elle lui découvrit avec tant de vérité la cause du changement qui s'était opéré chez Alcibiade, que, quoiqu'il eût un défenseur bien puissant dans le cœur de Danaé, il n'en recueillit pas les fruits qu'il devait en attendre. Les efforts d'Aspasie pour modérer la sensibilité de son élève, pour renforcer sa vanité, qui en est ordinairement le contre-poison, pour distraire son imagination et pour affranchir son cœur, en l'occupant sans cesse à déjouer les projets de ses amans, empêchèrent, tant qu'elle vécut, qu'aucun de ses adorateurs devînt bien dangereux pour elle. Alcibiade, qui n'avait jamais cru qu'il fût possible de lui résister si long-temps, après avoir vainement essayé de détruire l'influence qu'il voyait bien qu'Aspasie avait sur son élève, s'efforça de vaincre une passion que les dif-

ficultés, qui s'augmentaient et se renou-
velaient chaque jour, commençaient à
rendre sérieuse.

« Tous ses efforts parurent inutiles.
Plus les belles d'Athènes le traitaient favorablement, plus elles s'empressaient
de lui offrir leur tendresse, plus il était
attaché à son inhumaine, dont les moindres faveurs avaient plus de charme pour
lui, que les victoires éclatantes qu'il remportait sans peine sur des femmes qui
abusaient de leur état et de leur liberté,
pour laisser un libre cours à ce qui leur
plaisait de nommer les sentimens de leur
cœur. Il finit par renoncer entièrement
à ces sortes de liaisons, et tous les momens que lui laissaient les affaires étaient
consacrés à son amour, avec une constance et une assiduité qui étonnèrent Aspasie, et qui commencèrent à devenir
dangereuses pour la pauvre Danaé. Mon
jugement peut paraître suspect; mais il était
si séduisant alors, que, quoique mon imagination ait eu le temps de se refroidir

depuis plus de quinze ans que je l'ai perdu
de vue, je ne puis concevoir encore comment on pouvait lui résister.

« Aspasie mourut !...... Pardonne à
ma douleur ! — Je ne puis y songer sans
répandre des larmes ! Le chagrin que me
causa la perte de ma protectrice, d'une
amie qui m'était si chère, ferma pendant
long-temps le cœur de Danaé à tout autre
sentiment. Alcibiade parut s'oublier lui-
même pour partager sa douleur. Il avait
aimé autrefois Aspasie, et quoique
son inconstance, que rien ne pouvait
vaincre, ne lui eût pas permis d'avoir
pour cette femme charmante tous les
égards et l'attachement qu'elle méritait,
cependant il avait conservé pour elle une
estime qu'Aspasie seule pouvait inspirer
à un homme de son caractère. Sa conduite avec Danaé devint tendre et déli-
cate. Il eut la complaisance de ne parler
que d'Aspasie. La reconnaissance qu'elle
leur avait inspirée, et la tristesse que ce
souvenir répandait dans leur ame, établi-

rent insensiblement entre eux un accord
dont Danaé ne prévoyait pas les suites. Elle
ne faisait aucune difficulté de lui découvrir sans réserve les sentimens qu'elle
conservait pour son amie, et, sans s'en
appercevoir, elle s'habitua à le laisser lire
dans son ame. Chaque jour Alcibiade
prenait plus d'empire. *Le besoin d'aimer vint à son aide, et lui servit
d'auxiliaire*; et comment n'aurait-elle
pas fini par chérir un homme qui lui paraissait alors le plus aimable des mortels!

« Il serait cruel à moi, mon cher Agathon, de t'entretenir plus long-temps du
bonheur de mes premières amours; elles
furent longues pour Alcibiade, et je lui
dois cette justice, tant que dura l'ivresse
de nos cœurs, mon existence ne fut qu'u-
ne suite de délices.

« On a raison de croire que l'ame s'i-
dentifie avec l'objet aimé, selon le degré
d'amour qu'il lui inspire. Alcibiade en
fut la preuve. Au moment où sa passion
était la plus vive, il parut avoir changé

totalement de caractère ; et le plus volage, le plus impatient, le plus impétueux
de tous les hommes, devint doux, délicat et sensible. Mais lorsque le délire de
l'amour fut passé, il redevint aussi facile-
lement Alcibiade, et perdit ainsi ce que
l'influence de Danaé lui avait fait acquérir.

« L'infortunée, qui aimait mieux que
lui, dut perdre bien davantage par cet
effet de l'amour, et les plaisirs qu'elle y
trouva ne la dédommagèrent que bien
faiblement. Elle prit insensiblement la
gaieté d'Alcibiade. Il lui communiqua
cette légéreté à laquelle elle n'avait que
trop de disposition. Ses goûts se confon-
dirent avec ceux de son amant ; ses opinions devinrent les siennes ; et elle dé-
passa, sans s'en apperçevoir, la ligne dans
laquelle Aspasie avait renfermé sa conduite. D'abord ses écarts furent faibles,
presque imperceptibles ; mais, en l'éloi-
gnant du modèle qu'elle aurait dû suivre,
ils la rapprochaient des Némée et des

Théodota, à qui elle aurait eu honte d'être comparée.

« Une suite importante de l'oubli des leçons d'Aspasie, fut, lorsqu'elle vit que l'illusion de l'amour était passée, de se contenter d'une liaison qui aurait été un sacrifice méritoire pour une courtisane. Si quelque chose pouvait la justifier, c'est la considération que lui témoignait Alcibiade, la gradation fine et bien ménagée qu'il employait pour diminuer ce que son procédé pouvait avoir de surprenant. D'ailleurs, son attachement pour lui n'avait jamais eu le caractère d'une passion véritable; ce n'était qu'un simple goût, une inclination ordinaire qui avait pris la forme de l'amour.

Mais, je le sens trop bien, Agathon, des excuses ne peuvent changer une mauvaise cause! Cependant cette erreur ne dura pas assez pour rendre Danaé méprisable aux yeux de son volage amant, et, ce qui eût été pis encore, aux siens propres. Si cette circonstance ne tourna

pas entièrement à son avantage, elle servit du moins à la préparer à la catastro-
phe qui ne pouvait manquer d'arriver
avec un amant comme Alcibiade. Elle
vit disparaître l'agréable illusion qu'elle
avait éprouvée avec une sorte d'indifférence, qui ne flattait guère l'amour-propre de son infidèle, et qui lui épargna
les scènes tragiques avec lesquelles l'héroïne trompée d'une histoire amoureuse
croit ennoblir la fin de son roman.

« La mort d'Aspasie avait privé Danaé d'un guide bien nécessaire à son
âge, et dont la surveillance et le pouvoir
l'auraient peut-être préservée des désordres dont elle gémit. En quittant la
vie, sa généreuse protectrice avait voulu
que, si Danaé oubliait ses leçons, elle
ne pût l'attribuer au besoin, ce dangereux ennemi de la vertu. Alcibiade, qui,
malgré ses défauts, possédait un cœur
noble et libéral, avait trouvé des moyens
si délicats pour augmenter la fortune de
son amie, qu'il ne lui laissa point de pré-

texte pour refuser ses bienfaits. Danaé
se vit donc en état de continuer le genre
de vie qu'elle avait mené dans la maison
d'Aspasie ; mais le séjour d'une ville qui
lui retraçait tant de souvenirs lui devint
insupportable, du moment où son premier amour fut passé.

« Une circonstance l'engageait encore
à presser son départ, elle voulait se dérober aux importunités de ses adorateurs,
qui revinrent en foule lorsqu'ils apprirent
qu'Alcibiade s'était retiré. La manière
dont ils se conduisirent prouva combien
elle avait perdu aux yeux du monde par
une faiblesse qui , grace à son inconsé-
quence, avait été sue de tout Athènes.
Plus elle était éloignée de retomber dans
une faute qui lui paraissait involontaire,
plus ce souvenir était douloureux. Quoique sa liaison avec Alcibiade ne méritât
pas le nom d'amour dans toute l'acception du mot, les circonstances particulières dont j'ai déjà parlé pouvaient la
faire regarder comme une exception à

la règle générale. On ne pouvait nier que son cœur n'eût eu beaucoup de part à son erreur; et les qualités extraordinaires de l'homme qui l'avait subjuguée l'excusaient en quelque façon aux yeux de ceux qui admettent une excuse quelconque dans des cas pareils. Mais auraient-ils pu la justifier encore, si elle avait voulu augmenter le nombre de celles qui, fixant d'avance le moment de leur chûte, forment en conséquence le plan de leur conduite, et croient avoir assez fait pour la bienséance, lorsqu'elles ne paraissent pas savoir ce qu'il n'est pas permis d'ignorer à la femme la plus novice ?

« La plupart des dames d'Athènes étaient alors dans le même cas; mais les leçons d'Aspasie, et le vœu que Danaé avait fait autrefois aux Graces, vinrent se retracer vivement à sa mémoire, et lui firent trouver un remède contre le mépris d'elle-même.

« *Mais le besoin d'aimer !* » —

12*

dit Agathon. — Il faut en convenir, ces
mots, quoique dits doucement et pres-
qu'à voix basse, étaient un peu durs dans
la bouche de celui qui les prononçait.
Danaé parut affligée. Elle se tut pendant
quelques instans, mais pas assez pour
qu'il eût le temps de supposer qu'elle
cherchait une défaite. — « Si Agathon
« n'est pas las de m'entendre, reprit-elle,
« la suite de mes aventures servira de
« réponse à une question qui, bien que
« naturelle, paraît déplacée dans la bou-
« che d'un ami. »

Plus le reproche était modéré, plus
Agathon en sentit la justice. Il avait trop
d'usage pour gâter sa cause par des excuses. Ils gardèrent tous deux le silence.
Notre héros fut un certain temps sans
oser regarder Danaé ; enfin il leva les
yeux sur elle, et implora son pardon
avec un de ces regards où son ame se
peignait toute entière, et qui semblait
vouloir lire dans celle de son amie. Il apperçut une larme qui roulait dans ses

yeux, et il tomba à ses pieds avec une émotion inexprimable.

Le moment était dangereux ; Danaé le sentit, et ne voulut pas le prolonger plus long-temps. Elle se leva, en prenant la main d'Agathon. — Ils étaient alors dans un cabinet de verdure formé par le feuillage épais de myrtes et de lauriers sauvages, qui le garantissait de la chaleur et des rayons du soleil. — Nous avons déjà remarqué que le lieu de la scène n'est jamais indifférent. — « Viens, Aga- « thon, dit-elle, allons rejoindre Psyché. « Nous la trouverons sans doute au mi- « lieu de ses enfans, sur un gazon par- « semé de fleurs : je sens que j'ai besoin « d'un tel spectacle. »

Agathon pressa en tremblant la main de son amie, et la suivit sans rien dire.

CHAPITRE II.

Danaé et Cyrus.

LORSQUE Danaé se crut en état de continuer son histoire, elle reprit en ces termes :

« Nous avons perdu de vue un homme qui n'avait pas l'intention de renoncer facilement à ses poursuites. Axiochus, l'ami d'Alcibiade, et le principal héritier d'Aspasie, ne manquait pas d'occasions d'entretenir une connaissance qu'il avait faite dans la maison de sa parente. Il avait toujours conservé trop d'espoir, pour ne pas se flatter de remplacer son ami dans un cœur qu'il croyait ne pouvoir lui échapper. Les difficultés qu'il éprouva redoublèrent ses efforts, tant qu'il soupçonna que cette résistance était feinte. Lorsqu'il fut convaincu qu'elle était sérieuse, il devint plus circonspect. Il crut qu'on voulait le captiver entièrement, et se servit des mêmes moyens

qu'Aspasie avait mis en usage pour devenir la femme de Périclès. Il était naturel qu'il desirât en être quitte à meilleur marché ; mais lorsque Danaé, par
une prudence digne d'Aspasie, lui eut
ôté tout espoir de réussir par d'autres
moyens, les manières et les discours
d'Axiochus la mirent dans l'impossibilité
de ne pas le traiter avec les égards qu'exigeait la délicatesse de sa conduite.

« La plus grande partie des biens
d'Axiochus était située dans les environs
de Milet, et Danaé avait une maison de
campagne, qu'Aspasie lui avait laissée
dans les environs de cette ville. Elle résolut de s'y rendre sous la conduite d'une
amie de sa bienfaitrice, qui habitait ordinairement ce pays. Axiochus, qui espérait que ce voyage serait favorable à ses
vues, l'entretint dans ce projet, et l'aida
même à en presser l'exécution.

« Danaé se trouvait alors dans cet âge
où son miroir, d'accord avec sa vanité,
l'autorisait à penser que les louanges

qu'on lui donnait sur sa figure n'étaient
point exagérées. Mais il serait ridicule
de te peindre Danaé telle qu'elle paraissait alors à ses propres yeux. Vanité à
part, je me dois la justice de dire que
tous ceux qui me voyaient semblaient
s'être donné le mot pour m'assurer que
j'étais la plus belle des femmes. Comment
une jeune personne de vingt ans, dont
les artistes les plus célèbres cherchent à
deviner les formes pour les reproduire
dans leurs ouvrages, qui retrouvait par-
tout sa figure sous les traits de l'Aurore,
de Latone, de Diane ou de Vénus, ou
des nymphes pour lesquelles Jupiter fit
ses métamorphoses, n'aurait-elle pas été
tentée de se croire belle ! — Lorsqu'elle
pensait à Sémiramis, à Rhodope, à Thargelie, qui, d'une condition commune,
s'étaient élevées au plus haut point de la
grandeur humaine, n'était-il pas naturel
qu'elle s'égarât dans des songes qui trans-
formaient ses desirs en projets ? Quelqu'insensés que fussent ces rêves, elle y

trouvait un puissant antidote contre les séductions dont elle était entourée, et même contre *ce besoin d'aimer* dont tu parlais dernièrement. Ce besoin devait être bien fort; et il fallait que le principe fût moins dans son cœur que dans la faiblesse de son organisation, puisqu'il se passa bien du temps avant que l'orgueil ou l'ambition l'emportassent sur l'amour.

« Le sort se joue si souvent des mortels, que tu verras bientôt Danaé au moment de croire que ses songes allaient se réaliser.

« Lorsqu'elle se disposait à partir pour l'Asie, les pirates ciliciens et pisidiens, protégés par les satrapes du grand roi, qui partageaient leur butin, infestaient les mers de la Grèce, et les rendaient moins sûres que jamais. Pendant sa traversée, elle eut le malheur de tomber dans les mains d'un de ces corsaires. Axiochus, qui l'accompagnait, voulut opposer une résistance qui lui coûta la vie. Danaé fut vendue à Sardes, où Cyrus, jeune frère du roi de Perse, faisait alors sa résidence.

« Tu as entendu parler des grandes qualités de ce prince, des projets qu'il avait formés pour renverser son frère du trône, et de sa fin malheureuse. La nature semblait avoir pris plaisir à le former. Une éducation barbare avait peu contribué à développer ses moyens; aussi ses vertus avaient-elles conservé une rudesse, qui quelquefois les faisait paraître outrées. Mais la majesté de sa figure, sa force extraordinaire, son adresse dans tous les exercices, sa grandeur d'ame et sa générosité, cet héroïsme que les Asiatiques aiment tant dans leurs souverains, lui avaient valu l'amour des peuples de la Perse; et ils croyaient que lui seul était digne de monter sur le trône du grand Cyrus, dont il portait le nom.

« Ce prince entretenait, selon l'usage de l'Orient, un nombreux gynacée que

les intendans de ses plaisirs étaient sans
cesse occupés à remplir des plus belles
femmes de toutes les parties du monde.
Danaé eut l'honneur d'être choisie pour
en augmenter le nombre, avec cinq ou
six jeunes Grecques, les plus charmantes
créatures qu'il fût possible de voir. Sa
nouvelle condition était trop dure, et le
changement de son sort trop subit pour
qu'elle le supportât avec indifférence. Cependant la philosophie de la belle Aspasie, et, ce qu'il ne faut pas oublier,
une façon de penser qui s'accordait à
merveille avec cette philosophie, lui devinrent d'un grand secours dans une
circonstance aussi fâcheuse. Elle savait
que, *libre ou esclave, une femme*
belle et jeune, qui connaît son em-
pire et qui sait le faire valoir, est
reine par-tout où elle se trouve.

« Les nouvelles compagnes de Danaé
ne sortaient pas de l'école d'Aspasie. Elles
crurent que le meilleur moyen de réussir auprès de leur nouveau maître était

d'exciter ses desirs, en l'accablant à la
fois du pouvoir de leurs charmes. Nous
fûmes présentées à Cyrus, et, dès le premier moment, leurs regards, leur ton, leurs
gestes, leur parure, annoncèrent si clairement leurs projets, que ce prince ne dut
pas balancer un moment sur la destination
qu'il leur réservait. Danaé, couverte de
son voile, marchait derrière les autres,
et fut la dernière apperçue; mais Cyrus parut frappé de sa beauté. Il la considéra un moment avec une surprise dé-
licieuse, et d'autant plus satisfaisante pour
la vanité de celle qu'il admirait, que les
princes de l'Orient sont habitués à voir
les femmes les plus belles sans être éton-
nés : un geste fit disparaître ses rivales,
et Danaé se trouva seule avec son maître.

« Ce mot est dur ! J'en conviens; on
le chercherait vainement dans le voca-
bulaire d'une élève d'Aspasie. Cyrus apprit bientôt qu'il lui serait impossible de
la réconcilier avec cette expression. Une
belle femme, qui avait plus d'ame que

les statues de son sérail, lui parut un
prodige. Je suppose qu'Agathon me dispense d'une grande exactitude dans le
récit des différens combats qu'elle eut à
soutenir, et qui devaient nécessairement
se livrer entre un amant despotique et
une Grecque libre, habituée à voir tous
les hommes à ses pieds. Qu'il est difficile
en pareil cas de raconter soi-même son
histoire, et d'accorder ce qu'on doit à
la vérité avec le desir d'être impartial!
Agathon sait combien je suis éloignée
de me prévaloir des avantages que je dois
à la nature et à la fortune; je suis aussi
loin de vouloir me faire un mérite de ma
résistance; car je ne me sentais nulle
envie de figurer parmi les vils instrumens des plaisirs d'un barbare voluptueux, quelque brillantes que fussent
ses qualités et sa naissance. Enfin une
conduite, où la pruderie et la complaisance étaient combinées de manière
qu'elles attiraient et repoussaient tour-
à-tour, produisit un effet qui donna une

nouvelle preuve de l'excellence de cette
philosophie politique, dont Aspasie doit
être regardée à certains égards comme
le créateur.

« Cyrus serait devenu le meilleur des
princes, s'il eût reçu de Périclès et de
Socrate l'éducation et les soins qu'ils
prodiguèrent au trop fougueux Alcibiade. Ses défauts n'étaient ni dans sa
tête, ni dans son cœur. Ils provenaient
d'un sang facile à s'enflammer ; ils appar-
tenaient à son rang, à sa nation, à la
mauvaise éducation qu'il avait reçue ;
mais ils n'avaient pas jeté des racines
assez profondes pour qu'il fût impossible
de les extirper. Il avait du goût pour le
beau ; son naturel était bon, et le portait aux actions généreuses. Après bien
des efforts, Danaé réussit enfin à faire
revivre ce germe de sensibilité et de délicatesse que la nature avait mis dans son
sein.

« Cyrus, qui n'avait regardé l'amour que
comme une chimère, apprit à aimer et

devint aimable. Danaé posséda seule son
cœur et sa tendresse. Ses esclaves ne
furent conservées que pour la forme. On
prétendit qu'elle avait exigé cette condition pour prix de ses faveurs. Ceux
qui avaient forgé ce conte ne la connaissaient guère. Elle entendait trop bien ses
intérêts pour exiger une chose qui aurait fait douter de ses sentimens. Si elle
eut part au renvoi des concubines de
Cyrus, c'est qu'au moment où elle paraissait le traiter le plus mal, elle sut
lui inspirer une estime qu'il n'avait encore
eue pour aucune femme. La comparaison qu'il fit entre elle et ses rivales ne
pouvait être à leur avantage ; et il les
éloigna, moins dans l'intention de faire
un sacrifice à Danaé, que pour se délivrer d'objets qui lui étaient devenus in-
supportables.

« Ces complaisantes créatures n'aspi-
raient qu'à l'honneur de faire naître ses
desirs ; Danaé ne lui laissa l'espoir d'être
heureux que lorsqu'il parviendrait à ga-

gner son cœur : elles n'avaient aimé
que son rang et ses richesses ; Danaé le
convainquit qu'elle voulait son bonheur,
qu'elle prenait part à sa gloire, et qu'elle
serait capable de tout faire pour Cyrus,
lorsqu'il se serait rendu digne du nom
qu'il portait. L'amour de ce prince s'accrut par la connaissance qu'il acquit des
qualités et des sentimens de Danaé. Il
était naturel aussi qu'après lui avoir donné
le prix que la reconnaissance et l'attachement qu'il inspira avaient mérité, elle
se maintînt sans partage dans la possession de son cœur. Les Persannes
croyaient qu'elle avait un talisman qui dé-
truisait l'inconstance. Elles ne savaient pas
qu'une femme aimable a encore bien des
choses à donner après avoir accordé ce
qu'elles appellent la dernière faveur. Danaé avait appris d'Aspasie, et d'un maître
plus habile encore, ce qu'on peut nommer l'économie de l'amour. Elle savait
donner du prix à la moindre bagatelle,
et se multiplier sous tant de formes dif

férentes, qu'elle avait toujours le charme
de la nouveauté. Cyrus trouvait dans l'esprit de sa maîtresse, dans ses talens,
dans ses caprices mêmes, des ressources
inépuisables contre l'ennui et contre la
satiété. Mais le plus important pour elle,
c'est qu'il sentait qu'elle le rendait meilleur. En un mot, elle devint pour lui
ce qu'Aspasie avait été pour Périclès; et
il se plaisait tant à faire cette remarque,
qu'il la nommait son Aspasie.

« Confidente de ses plus secrètes pensées, Danaé n'ignora pas le projet qu'il
avait formé pour détrôner son frère; elle
le combattit long-temps, et se rendit enfin à la force de ses raisons. En effet,
il était difficile que Cyrus prît un autre
parti dans les circonstances où il se trouvait. Artaxercès avait de grands torts
envers lui. Ses droits au trône étaient
aussi incontestables que ses qualités per-
sonnelles. Tous les cœurs étaient pour
l'amant de Danaé. On espérait qu'il ferait
renaître les temps heureux du grand Cy-

rus : d'ailleurs l'animosité était devenue
si vive entre les deux frères, que l'un ou
l'autre devait nécessairement succomber.
— Mais comment Danaé pourrait-elle
déguiser à Agathon sa partialité pour un
prince qu'elle estimait ? Son orgueil et
son ambition étaient trop agréablement
flattés par les espérances qu'il lui donnait, pour qu'aucune considération lui
fît changer d'opinion : quelle femme hé-
siterait de donner l'empire du monde à
l'homme qui l'adore, si cet empire dépendait d'elle ?

« Danaé accompagna Cyrus dans l'ex-
pédition qui mit fin à la vie de ce prince
et à ses espérances. Son amour pour elle
était si grand, qu'elle eut besoin de tout
son empire pour le faire consentir à ce
qu'elle partageât ses dangers. Il frémissait
en songeant qu'un malheureux destin
pouvait la faire tomber dans les mains
d'un ennemi aussi odieux qu'Artaxercès.
Elle n'obtint son consentement qu'après
avoir pris toutes les précautions que com-

mandait sa sûreté. Elle le suivit en habit d'homme. Parmi les femmes de sa suite, se trouvait une jeune Grecque qui lui ressemblait de taille et de figure, et qui avait des qualités assez brillantes pour lui faire jouer le rôle d'une nouvelle Aspasie, et figurer, sous ce titre, à la cour du roi de Perse. Les suites malheureuses et décisives de la bataille de Kixaxa prouvèrent la sagesse de cette précaution. Danaé eut le courage — ou la faiblesse — de survivre à un prince dont elle était si tendrement aimée, et qui méritait un autre sort. Cette tache est peut-être la plus grande de sa vie. — Mais, ajouta-t-elle avec un regard qui en eût effacé bien d'autres, je laisse à Agathon le soin de me défendre. — On pense bien qu'Agathon répondit à cette attaque; mais, comme sa réponse ne se trouve pas dans l'histoire de Danaé, nous la laisserons continuer sans l'interrompre.

CHAPITRE III.

Danaé à Smirne. Fin de son his-
toire. Belle victoire qu'elle rem-
porte sur Agathon.

« Le stratagème dont je m'étais servi
pour tromper Artaxercès, et par complaisance pour l'infortuné Cyrus, réussit
parfaitement. La belle Mito, ma confidente et mon amie, tomba dans les mains
du vainqueur, fut prise pour moi, inspira au monarque la passion la plus vive,
et, sous le nom d'Aspasie, joua, pendant
plusieurs années, à Babylone et à Ecba-
tane, un rôle suffisant pour fournir vingt
ou trente volumes aux fabulistes de Milet. La véritable Danaé, qui avait une
idée trop juste des délices du sérail de
Babylone pour leur sacrifier sa liberté,
échappa avec ce même bonheur qui l'accompagna dans toutes les périodes de sa
vie. Elle choisit Smirne pour séjour ;
c'était l'endroit le plus précieux du monde

pour une femme qui ne voulait pas encore renoncer aux plaisirs. La tendresse
et la générosité du prince Cyrus la mirent
en état d'y étaler cette magnificence dont
Agathon a été le témoin.

« Le nom de Danaé était trop connu
à Smirne, pour ne pas éviter aux curieux
la peine de prendre des renseignemens
sur sa personne; mais sa façon de vivre
affaiblit peu à peu le préjugé que sa réputation avait fait naître. Quelque lé-
gères qu'eussent été les chaînes qu'elle
avait portées pendant sa liaison avec
Cyrus, c'était pourtant des liens dont le
souvenir lui rendait la liberté, qu'elle venait de retrouver plus précieuse encore.
Cette liberté, qui lui permettait de ne
recevoir de lois que de son cœur, lui
paraissait un si grand bien, que pour
rien au monde elle n'eût voulu s'exposer
à la perdre. Elle ne consentait à l'engager, que pour se soumettre aux sacrifices qui devaient lui concilier l'estime
publique. Smirne est peut-être le seul

endroit du monde où elle pouvait accorder à la fois cette considération et ses
plaisirs. La beauté de son climat et sa
douce température donnent cet esprit
d'indulgence, que possède un peuple qui
est assez heureux pour avoir trouvé le
secret d'allier aux plaisirs le travail et
l'industrie, et la liberté individuelle à
l'ordre politique. Sans appartenir à aucune classe de la société, Danaé jouissait
de la satisfaction de passer pour unique
dans son espèce, et sa vanité en était
flattée. On la croyait fille d'Aspasie; et,
quoiqu'elle la prît pour modèle, ce fut
de manière à passer pour inimitable.

« Lorsqu'elle fut établie à Smirne, son
premier soin fut d'élever un temple aux
Graces. [1] — Tu connais ce temple,
Agathon! — »

Ici Danaé s'efforçait d'étouffer un soupir qui soulagea son cœur, en pronon-

---

[1] Vraisemblablement le petit temple où
Agathon se rendit après le concert nocturne
que lui avait donné Danaé.

çant ces dernières paroles. Agathon vit l'agitation de son sein, et soupira avec elle. — « Oh! quel souvenir! » s'écria-t-il en prenant sa main, et en laissant tomber sur elle un regard qui peignait la situation de son ame.

Danaé, qui voulait éloigner tout ce qui pouvait affaiblir sa résolution, fut assez cruelle pour ne pas lui répondre, et s'empressa d'ajouter : « Mais les Graces dont elle devint la prêtresse n'étaient pas celles de Pindare; ce n'étaient point les compagnes de la céleste Vénus, les chastes déesses auxquelles Psyché, fille, amie, épouse et mère, sacrifia sans cesse! Danaé rougit moins de ce qu'elle était alors, que de la pensée de vouloir cacher à son ami combien elle était éloignée de Psyché, malgré le triomphe éclatant qu'elle remportait sur les autres femmes, et la réputation d'amabilité qu'elle avait acquise. La danseuse de Léda offensait les véritables Graces, en voulant se servir de leur voile pour le jeter sur ce person-

nage. Tel est à présent le sentiment que
j'éprouve ; et il m'est d'autant plus facile
de le justifier, qu'il est impossible qu'il
me trompe désormais : mais le délire où
j'étais alors me donnait des idées bien
différentes de l'imagination et du cœur.

« Trois ou quatre olympiades de plus
changent beaucoup la matière d'envisa-
ger les choses. Qu'il est difficile à la fleur
de l'âge, lorsque tout répand autour de
nous les plaisirs et la joie, qu'une santé
florissante prête aux objets des charmes
enchanteurs, qu'il est difficile de distinguer le vrai d'avec le faux, le bien d'avec
le mal, qui souvent se confondent dans
nos idées ! Il est si naturel alors de se
réjouir lorsqu'on croit avoir trouvé le
secret d'unir la sagesse aux grâces, et les
grâces à la volupté ! Si l'on joint à cela
de l'enthousiasme pour les muses et pour
les arts, le desir de vaincre de grandes
difficultés qui en est la suite ordinaire,
le charme d'une perfection idéale qui s'empare d'un jeune cœur..... — O Agathon !

pardonne si, malgré la persuasion où je suis que ces idées ne sont que des chimères, je me trouve encore assez faible pour ne pas me repentir d'avoir été Danaé ! »

Agathon n'avait que trop de sujet de lui pardonner cette faiblesse. — « Comment pourrais-je te reprocher d'avoir été la plus aimable des femmes ! s'écria t-il : Danaé ne suffit-elle pas pour faire un Élysée de l'endroit qu'elle habite. »

« Cher Agathon, répondit-elle, que tu es encore dupe de ton imagination ! Archytas, le plus modéré, le plus aimable des sages, trouverait que c'est déjà trop d'erreurs pour Danaé, et tu lui en pardonnes d'autres que tu ne connais pas encore ! — Tu sembles avoir oublié que la liberté dans laquelle vivait Danaé formait une exception aux lois fondamentales de la société ; exception qu'elle n'était pas en droit de faire, quoique les mœurs des Grecs le permissent. Je te

conseille de faire un autre vœu, si jamais
il dépend de toi de le remplir. Il n'est
qu'une famille semblable à celle dans laquelle tu vis; ce n'est qu'un Archytas,
une Psyché, un Critolaüs, et permets-
moi d'ajouter un Agathon, qui soient
assez revenus des erreurs de l'imagination et des chimères de la vie, pour se
livrer sans réserve au sublime de la vertu.
Il suffit d'une telle famille sur la terre, et
nous n'aurons plus besoin de Solon et
de Lycurgue. Platon ne saurait imaginer de lois plus convenables pour opérer
le bien qu'un tel exemple de sagesse et
de félicité.

« Eh pourquoi serais-tu assez injuste
envers toi pour t'exclure de cette famille?
reprit vivement Agathon : ton association compléterait son bonheur, et Danaé, embrassant d'un air suppliant la statue de la vertu, ne serait-elle pas son plus
beau triomphe! »

« L'amitié te fait oublier, Agathon,
qu'une femme qui a tant de réparations

à faire ne sera jamais digne d'entrer dans
la famille d'Archytas. Peux-tu lui en vouloir de ce qu'elle est assez fière pour ne
pouvoir songer qu'elle serait forcée de
rougir à chaque instant devant des personnes qui n'ont aucun reproche à se faire?
Ne crois pas qu'elle soit trop sévère sur
sa conduite ; elle est assez disposée à
écouter les excuses que lui dicte son
amour-propre. Dans la position où elle
se trouvait à Smirne, tout lui persuadait
que le plus grand bien était de régner
sur les cœurs : semblable au Jupiter d'Ho-
mère, qui, assis sur son urne, dispense
à son gré la bonne ou la mauvaise fortune, sa volonté faisait le bonheur ou le
malheur de ceux qui l'entouraient ; et ce
qu'elle méprise à présent avait alors bien
du prix à ses yeux. Elle aimait même
à augmenter son erreur. Son esprit avait
formé un système trop séduisant pour
qu'elle ne le crût pas vrai. Elle croyait
les vertus faciles, parce qu'elle les pra-
tiquait sans effort ; et ses bonnes actions

13 *

lui coûtaient d'autant moins, qu'elle ne
suivait en cela que le dangereux mouvement qui la portait toujours à faire ce
qui lui faisait plaisir. Elle se consolait ainsi
de la seule vertu qu'elle n'avait pas, en
songeant qu'elle possédait toutes les autres. Son erreur fut si loin, qu'elle ne convenait pas de l'absence de cette vertu.
Les préjugés ne sont faits que pour les
âmes communes, disait-elle : ces femmes si dignes et si respectables, qui me
jugent avec tant de rigueur, ne feraient-
elles pas comme Danaé, si elles étaient
à sa place ? Ces dames prétendent que
c'est un crime d'être entourée d'adorateurs ! mais elles oublient que ces hommes
sont les plus parfaits de l'Ionie, ou qu'ils
ne peuvent tarder à le devenir dans la
société de Danaé. Où est le fougueux et
pétulant jeune homme qui en soit sorti
sans avoir acquis de la politesse et des
graces ? Quel est l'égoïste qu'elle n'ait excité à faire le bien ? Combien de pères
lui doivent les vertus de leurs fils ! de

femmes les bons procédés de leurs maris !
Que de bons citoyens, que de grands
hommes n'a-t-elle pas formés pour la patrie ! Ce n'est qu'avec des qualités brillantes ou un véritable mérite qu'on peut
espérer de lui plaire ; et combien de métamorphoses, que de prodiges n'a pas
opéré cette espérance ! La matrone la plus
irréprochable, la plus chaste prêtresse de
Diane ou de Minerve, pourraient-elles se
vanter d'avoir rendu tant de services aux
mœurs et à la vertu ! — Je ne répondrais
pas, mon cher Agathon, que tout ce que
je viens de dire doive être pris à la lettre,
et ne souffre aucune exception ; mais il
s'y trouvait assez de vérité pour me rendre excusable. De plus, Danaé avait dans
Hippias un ami.....

« Ah! ne prononce pas cet odieux nom!
s'écria Agathon avec impatience. »

« Et, pourtant, répondit-elle avec autant de sang froid qu'il y mettait de vivacité, cette Danaé, sur laquelle tu as de
si grands projets, eut la faiblesse de met-

tre Hippias dans le cas de se vanter d'une
victoire qu'il n'avait pas remportée.

« Le monstre ! » — A peine cette ex-
clamation fut-elle échappée, qu'Agathon
s'arrêta pour regarder Danaé d'une manière qui semblait la prier de ne pas lui
laisser le moindre doute.

Danaé essaya de sourire ; mais la rougeur qui vint animer son teint n'était pas
d'un heureux présage. — « Je t'entends,
ajouta-t-elle, c'était à tort qu'Hippias cé-
lébrait la victoire qu'il prétend avoir remportée sur mon cœur ; — mais.....

« Serait-il possible, Danaé !

« O mon cher Agathon ! tu connais
les hommes, tu as appris à te connaître
toi-même, et tu demandes encore ce qui
est possible ! Quel est le pouvoir d'un
moment ! Que ne peuvent les circonstances !

« Eh ! que pourrais-je ne pas pardonner à Danaé ! » ajouta-t-il en soupirant.

« Trop d'indulgence pourrait lui devenir aussi nuisible qu'à bien d'autres,

reprit-elle d'un ton badin, qui n'était pas
d'accord avec le son de sa voix : et, cependant je suis obligée de le dire, Agathon, Hippias n'était pas le plus méprisable de tous ceux que tu aurais à lui pardonner. »

« N'était pas le plus méprisable!!! »

« Je veux dire que ce n'était pas celui
qui faisait le plus de déshonneur à ton
amie. Hippias est un homme de beaucoup de talent, et qui jouit d'une réputation méritée, si l'on en excepte ses principes. Il savait les rendre plausibles, et,
depuis long-temps il avait le droit de n'être
pas refusé.

« Un homme de ce caractère pouvait
bien profiter de l'intimité de quelques
années pour saisir un moment favorable,
le seul peut-être de sa vie où il pût obtenir par surprise ce que le cœur ne lui
aurait jamais accordé. Il eut tort de se
faire un mérite d'un jeu du hasard ; mais
Danaé ne serait pas plus sage que lui si
elle voulait se faire plus de reproches à

cet égard, que des autres faiblesses auxquelles elle eut le temps de réfléchir.

« Tu as résolu de me pousser à-bout,
Danaé ! »

« Non, mon cher Agathon ; mais, en
t'exposant la vérité toute entière, mon
dessein est de te faire renoncer pour toujours à un projet, fondé, comme tu le
vois, sur de fausses suppositions. Crois-
tu qu'il ne m'en coûte pas bien cher pour
guérir l'imagination d'un ami tel que toi !
Si cette Danaé dont tu as si bonne opinion, et qui la mérite à certains égards,
avait eu le bonheur de tomber dans une
famille comme celle d'Archytas, si elle
avait pensé, si elle avait toujours vécu
comme elle le fait à-présent, elle ne crain-
drait pas de céder à tes propositions, ainsi
qu'au tendre penchant de son cœur. —
Mais les dieux n'ont pas de pouvoir sur
le passé ! — Que ceci te suffise, Agathon,
ces aveux sont assez humilians pour moi !
Un même destin nous est reservé ; sou-
mettons-nous-y sans nous plaindre ; et,

si tu rougis jamais au souvenir de notre
amour, souviens-toi que cet amour oc-
casionna le retour de Danaé à la vertu :
sans toi, elle serait toujours restée Danaé. »

« Mais à quoi lui servirait le bonheur
de t'avoir connu, si tu refusais d'être assez
généreux pour mettre le comble à tes
bienfaits ? Qu'à l'avenir il ne soit plus
question d'un nom qui nous humilie tous
deux ! Permets que ton amie conserve
celui de Chariclée, sous lequel on la connaît à Tarente, et qu'elle se rende digne
d'être le disciple d'Archytas, et la com-
pagne de Psyché. Si tu l'aimes, Agathon,
partage le sacrifice qu'elle fait à la vertu
dans un âge, et avec des qualités qui le
rendent encore méritoire. »

Le ton avec lequel elle prononça ces
mots émut le grand cœur d'Agathon. Il
crut entendre la voix d'une divinité, et
sentit aussitôt que sa bonne ame prenait
le dessus. Il se jeta aux pieds de son
amie, prit sa main, la pressa sur son

cœur; l'amour qui vint l'animer était un
feu sacré: — « Oui! s'écria-t-il', je jure
par cette main, Chariclée, d'être toujours
fidèle à cette vertu à laquelle tu te con-
sacres, et qui me parle par ta bouche
dans ce moment décisif! Ce n'est que
pour elle, pour elle seule, que nos cœurs
sont faits! Nous l'avons perdue de vue,
mais pour devenir meilleurs, et pour
persister dans le bien avec une constance
à toute épreuve. Oui, Chariclée! je sens
qu'en renonçant, en présence du ciel, à
cette main chérie, le sacrifice que je fais
à la vertu me rend plus heureux que la
jouissance de tous mes desirs. Jamais,
oh! non, jamais je ne cesserai de t'aimer,
Chariclée! mais de t'aimer comme une
amie, d'un amour digne de toi; de cet
amour qui est la plus belle des vertus. »
Quoique Danaé, — ou pour ne plus
nous servir d'un nom auquel elle avait renoncé pour toujours, — quoique Chariclée
partageât l'enthousiasme qu'elle avait fait
naître dans le cœur d'Agathon, elle ne

crut pas prudent alors de l'entretenir. Elle
en connaissait le danger, et, quoiqu'elle
ne doutât pas de la sincérité de son amant,
elle savait bien que le moment n'était pas
pas encore arrivé où elle n'inspirerait plus
qu'un amour platonique. Elle rompit donc
l'entretien. Son but était rempli, et la
satisfaction qui brillait dans ses yeux
prouvait que nous ne l'avions pas jugée
trop avantageusement, lorsque nous as-
surions que sa conduite envers notre
héros était exempte de vues intéressées.

LIVRE XVI.

Conclusion.

CHAPITRE PREMIER.

Agathon prend la résolution de se confier entièrement à Archytas.

PLUS Agathon connaissait le caractère de l'homme excellent dans lequel son heureux destin lui avait fait retrouver un second père, plus il desirait de mériter son estime. Il est vrai qu'il pouvait penser avec raison qu'Archytas ne se décidait pas légérement dans la bonne opinion qu'il prenait des hommes ; mais il croyait qu'il lui serait impossible de jouir d'une tranquillité parfaite, tant que cet aimable vieillard ne lirait pas entièrement dans son ame. Chaque jour qu'il passait dans la maison de ce véritable sage le fortifiait dans l'espoir d'obtenir par ses conseils cette sérénité de l'ame, cette heureuse satisfaction de soi-même qu'il avait perdue à Smirne, dont la perte lui avait été si sensible et si douloureuse à Syracuse, et qu'il n'avait jamais pu retrouver malgré ses efforts. Le seul Archytas pouvait le délivrer de ce doute cruel qui remplissait son ame depuis l'instant où il avait été instruit dans les sublimes mystères de la philosophie d'Orphée, et qui les lui rendait suspects ainsi que les heureux sentimens de sa jeunesse. Il regardait ce vieillard comme un homme qui est parvenu au plus haut degré de perfection où un mortel puisse atteindre. Lorsqu'après le travail du jour, il le considérait, assis sous le péristile de sa demeure au milieu de ses amis et de ses enfans, et que les derniers rayons du soleil couchant se réfléchissaient sur son front vénérable, il croyait voir un être d'une espèce supérieure, un génie favorable aux hommes, qui avait bien bien voulu consentir à habiter un corps

pour les fortifier par sa présence et par
son exemple dans la pratique de la sagesse et de la vertu , et pour les rendre
plus sensibles aux nobles plaisirs de la
vie humaine. Il lui semblait aussi que son
séjour dans la maison du divin Archytas contribuait à le remettre bien avec
lui-même ; cette idée fortifiait la résolution qu'il avait prise de se découvrir entièrement à ses yeux, et de lui rendre un
compte exact des changemens qu'il avait
éprouvés pendant qu'il était à Smirne ;
car son cœur lui disait qu'il avait moins
gagné que perdu depuis cette époque.

Il ne voulut pas différer plus long-
temps ; et la première fois qu'il le trouva
seul, il lui ouvrit son ame, lui fit part
des contradictions qui s'étaient élevées
dans sa tête et dans son cœur, dans ses
idées morales et religieuses, et le pria de
le sortir du labyrinthe où il était plongé.

La confiance de notre héros augmenta
l'attachement qu'Archytas lui témoignait.
Il sentit qu'il n'y avait que deux moyens

de le sauver : c'était d'empêcher que Chariclée ne redevînt jamais Danaé pour lui,
et de le réconcilier avec lui-même, en
affermissant d'une manière inébranlable
ces principes qui forment essentiellement
la morale et la religion des hommes.

Cette première opération ne pouvait
réussir sans une longue absence, dont
Agathon devait sentir lui-même la nécessité, et qui ne pouvait provenir que
de lui seul : il fallait aussi tenir son esprit
dans une occupation continuelle. Archytas espérait le seconder avec d'autant
plus de succès, qu'il ne se rappelait pas
d'avoir vu un homme qui réunît, à un sens
plus droit, un amour plus prononcé pour
le bien, pour la vérité, et un mépris plus
grand pour l'esprit sophistique et trompeur.

Mais comme il savait que l'exemple
était le meilleur de tous les conseils et
le plus efficace de tous les préceptes, il
résolut de lui faire part des moyens dont
il s'était servi pour parvenir au calme dont

il jouissait, et pour fixer les idées et les opinions de notre héros.

« O mon cher Agathon, lui dit-il, c'est dans ton cœur que tu dois chercher ce repos que tu désires, et les consolations dont tu as besoin; c'est dans cette enceinte sacrée que se trouve notre véritable, et je dirai même notre seul intérêt; c'est là seulement qu'il faut découvrir la vérité qui doit nous servir de guide dans le labyrinthe de la vie, et qui ne peut échapper à celui qui la cherche avec le désir sincère de la rencontrer. Mes efforts continuels pour parvenir au terme que tout homme doit se proposer ici bas, sont ce que ton amitié pour moi nomme très-improprement la perfection humaine; car la perfection est un but que nous pouvons approcher, mais que nous n'atteignons jamais.

« Cependant il faut justifier ta confiance. Je vais te faire part des moyens dont je me suis servi pour vivre en paix avec moi-même et avec la nature. Je les ai

employés avec succès pour chasser les
nuages qui viennent quelquefois obscur-
cir notre ame, et pour conserver au milieu du tumulte des passions cette tranquillité et ce repos auxquels je suis parvenu
à la fin d'une longue vie, qui fut toujours
occupée. Ces avantges sont les seuls qui
m'appartiennent réellement, les seuls
auxquels je dois la jouissance de tous
les autres biens. »

CHAPITRE II.

Exposition des principes et de la sagesse d'Archytas. [1]

« Ma première jeunesse a cela de commun avec la tienne, mon cher Agathon,
que je fus élevé dans les principes de la
philosophie de Pythagore, dont les dogmes
essentiels diffèrent peu de celle d'Orphée.

[1] Ce discours d'Archytas contribua beaucoup à fixer les opinions d'Agathon, et à
lui assurer la victoire difficile qu'il remporta
sur lui-même.

Cette philosophie eut d'autant moins de peine à me former, qu'elle trouva en moi une disposition particulière, sans laquelle il est difficile de produire une impression durable. Cependant je puis dire que je ne suis parvenu à la théorie de la sagesse que par des moyens purement pratiques. Dès ma plus tendre enfance, ma sincérité, et ma haine pour la dissimulation et le mensonge, furent les principaux traits de mon caractère. Bientôt il s'y joignit le sentiment le plus prononcé contre toute espèce d'injustice. Ce penchant décidé pour la vérité et pour la justice, qui n'était point adouci par l'indulgence que nous devons aux fautes de nos semblables, m'attira dans la suite beaucoup de désagrémens. Comme on n'avait point égard à la chaleur avec laquelle je prenais le parti des malheureux, et des animaux que l'on maltraitait, on se figura insensiblement que je serais orgueilleux, insociable et dur. Je n'avais aucun ami parmi les enfans de mon âge, et ils se réunis-

saient contre moi dans toutes les occasions. Ainsi, quoique le goût du monde
ne me fût pas étranger, ils me forcèrent
de me retirer en moi-même, et de consacrer tout mon temps à des études, que formaient principalement les sciences mé-
caniques et mathématiques. Ces sciences
sont d'une si grande importance, et d'un
usage si général, que je les préférai bientôt
à celles dont l'utilité est moins apparente.

« La raison vint avec les années, et cette
attention particulière sur moi-même,
dont j'avais pris l'habitude dès l'enfance,
développa encore les dispositions de mon
caractère. Mon amour pour la vérité me
fit craindre de passer pour meilleur que
je n'étais en effet. Mon amour pour la
justice me préserva de la précipitation
avec laquelle on juge ordinairement les
autres : mais ce que je craignis le plus
fut de me tromper par une opinion trop
avantageuse de mes qualités, et la certitude d'avoir porté un jugement trop
favorable de mes actions devint la dou-

leur la plus vive que je pusse ressentir.

« J'eusse préféré le tourment le plus
affreux aux reproches de ma conscience.
Heureusement je portais dans mon
sein un délateur ; la moindre faute ne
pouvait échapper à sa vigilance ; et j'y
trouvais un juge qui ne se laissait corrompre ni par les sophismes, ni par les
excuses de l'amour-propre.

« Je venais d'atteindre ma vingtième
année, lorsque la guerre qui s'était déclarée entre les Tarentins et un peuple
voisin m'obligea de me mettre en campagne avec les autres jeunes gens de mon
âge. Je passai selon nos lois par tous les
grades. Ma conduite et ma bravoure me
valurent l'attention et les éloges de mes
chefs. Ils firent naître en moi le désir de
la gloire, et ce desir, dirigé par mes
principes et par mon caractère, m'excita à des efforts extraordinaires. Je par-
vins à me distinguer ; et, quoique l'ardeur
avec laquelle je m'étais exposé plusieurs
fois pour sauver la vie de mes camarades

m'eût valu l'admiration du plus grand
nombre, j'éprouvai bientôt qu'il y en
avait bien peu qui voulussent se résoudre
à me pardonner les louanges et les récompenses que nos généraux m'avaient
données publiquement. Ces généraux
avaient parmi la jeunesse de l'armée des
enfans, des amis ou des parens qui cherchaient à détruire l'opinion qu'avaient fait
naître ma conduite et mon courage. Elle
blessait leur vanité, ou pouvait nuire à
leurs projets; ils ne laissaient échapper
aucune occasion de me donner des preuves
de leur mauvaise volonté. On interpréta
mes actions d'une manière perfide; je
fus obligé de répondre des fautes qui m'é-
taient étrangères : enfin on ne négligea
rien de ce qui pouvait refroidir mon
amour pour la gloire, et fatiguer mon
zèle. Le chagrin que me firent éprouver
ces humiliations fut d'autant plus vif, que
je ne connaissais pas l'envie, et que je
ne pouvais comprendre qu'en s'efforçant
de mériter l'estime et l'amour des hom-

mes, on s'attirât leurs persécutions et leur
haine. Mais mon bon génie fit tourner
ces contrariétés à mon avantage! Cet
amour de la gloire auquel je m'étais li-
vré jusqu'alors avec tant de confiance,
et qui me causait tant d'inquiétude, fut
cité devant le tribunal de ma conscience,
pour qu'on examinât la valeur de ses
prétentions et de ses plaintes, et la décision fut qu'elles n'étaient pas fondées.—
« Qu'il y a-t-il de commun entre l'injustice des hommes et ton devoir, disait
mon juge? Comment, tu remplis tes
obligations comme citoyen, tu agis avec
la noblesse et la générosité d'un homme,
pour être récompensé par le suffrage des
autres!.. N'as-tu pas honte de toi-même?...
Veux-tu assurer le repos de ton cœur
contre les traits acérés de l'envie? Efforce-
toi d'acquérir toutes les vertus, tous les
genres de mérite ; voilà ta tâche! Fais
toujours de ton mieux, car tu ne pourrais faire moins sans mériter les reproches
de ton cœur, et contente-toi de la cer-

titude d'avoir rempli les obligations qui te sont imposées, sans attendre l'opinion des autres. » — Je sentis la vérité et la justice de cette décision, et, dès ce moment, je m'efforçai de modérer ma sensibilité pour les offenses de mon amour-propre, et d'avoir autant d'indifférence pour les injustices que de modestie pour une réputation méritée.

« C'est de cette manière, Agathon, que se forma mon caractère moral avant que je fusse parvenu à interroger ma croyance, et que des causes étrangères m'eussent forcé d'examiner les principes théoriques dans lesquels j'avais été élevé, et auxquels je tenais plus par le sentiment et par la foi, que par une conviction raisonnée.

« La paix se fit; et, au lieu de retourner dans ma patrie, je résolus de parcourir la Grèce, l'Asie et l'Egypte. Je me fis initier dans les mystères d'Eleusis et de Samothrake, et je fus reçu à Saïs dans l'ordre secret d'Isis et d'Osiris. Je

fis connaissance avec plusieurs philosophes et sophistes de profession, dont les
principes sont si différens de ceux de
Pythagore. Quelques-uns, par la subtilité
avec laquelle ils distinguaient des idées
auxquelles je ne trouvais pas de différence, et par la force apparente de leurs
objections contre des maximes que je
regardais comme incontestables, boule-
versèrent si bien mes idées sur la nature
des choses, que je ne savais plus ce que
je devais rejeter ou croire. Mon aversion
pour les sophismes et pour les spéculations qui ne paraissent d'aucune utilité
dans la pratique de la vie, ou qui nous
égarent dans un labyrinthe de doutes
pour ne nous laisser que l'embarras d'en
sortir, m'avait toujours éloigné de ces
recherches pointilleuses sur des objets
purement intelligibles. Mais cette opinion
d'un système général des êtres, d'un
esprit infini animant ces corps infinis,
et d'un monde invisible qui est le type
de celui que nous voyons, le sentiment

d'un Dieu législateur suprême de ces deux mondes, l'éternelle durée des habitans de son empire, les degrés par lesquels les classes innombrables de ces êtres s'approchent pour toujours du but inatteint de la perfection; ces idées me parurent si grandes, si importantes, elles agirent avec tant de force sur un cœur que la croyance de Pythagore avait déjà préparé à les recevoir, que, dans cet âge où l'on cherche à démêler la vérité de l'erreur, j'éprouvai à peu près le même effet que s'il avait fallu présenter le fond de ma conscience. Je rencontrai des hommes ingénieux et instruits à qui ces idées parurent invraisemblables, d'autres qui prétendaient que c'étaient des rêves et des chimères. Plus je connus le monde, et plus le contraste monstrueux de la façon de vivre des hommes et de leurs opinions, avec celles qui proviennent immédiatement des idées dont je viens de parler, me convainquit du petit nombre de ceux qui sont assez pénétrés de la vérité de

ces principes pour en faire la règle de
leur conduite. Cependant nos sages ré-
formateurs et les fondateurs de nos respectables mystères paraissaient persuadés
qu'ils avaient été conduits par une force
attractive à la connaissance de ces préceptes. Alors tous les hommes probes
crurent aux maximes qui reposent sur
cette croyance, et toujours elles leur
servirent de guide. Irais-je y renoncer?
me disais-je : non, sans doute. Ne serait-
ce pas le plus grand malheur pour moi,
si un sophiste parvenait à me prouver
que ces opinions sont erronées? Ah! si
c'est une erreur, serait-il donc si difficile
de s'en assurer, en se servant de sa
raison pour remonter à la source de ces
principes?

« Je résolus de l'entreprendre.

« Je me disais : La vérité est une, et
indispensable pour tous; elle doit conduire l'homme à cette destination, source
du souverain bien, et ne peut rester
éternellement au fond du puits de Dé-

mocrite. Il n'existe personne à qui la
nature ait confié exclusivement ses secrets. Pour la rencontrer, il n'est pas
nécessaire de voyager à Memphis ou à
Saïs, sur les bords du Gange, ni chez
les gymnosophistes; elle est en nous et
autour de nous; et il suffit, pour la trouver, de cet esprit d'analyse et de recherche qui porte la lumière jusqu'au
fond de nos cœurs.

« Le premier résultat de mes observations sur moi-même fut que j'étais
formé de deux élémens différens et absolument opposés : des sens qui me con-
fondaient avec toutes les créatures de ce
monde visible, et une ame qui m'élevait,
par sa raison et son activité, infiniment
au-dessus d'elles. Les uns me font dé-
pendre en mille façons de tout ce qui
est hors de moi, je suis sujet à des besoins qui me sont communs avec les
bêtes; et cette nécessité, à laquelle tout
animal est assujetti, me force de suivre
cette loi commune, même dans mes

passions les plus vives. L'autre me rend libre, actif, indépendant ; non seulement je suis législateur et roi du monde que je renferme, mais aussi je suis capable de maîtriser mon corps, et tout ce qui s'étend au - delà des limites que la nature m'a prescrites.

« La réunion miraculeuse et inconcevable de deux natures si différentes ennoblit mille fois la partie animale, tandis qu'au contraire elle obscurcit et dégrade l'autre partie, qui n'est composée que de feu, de force et de lumière ; et, pour me servir d'une image platonique très-convenable dans cette circonstance, ce mélange l'attache aux besoins et aux viles affections des animaux, comme un oiseau que les gluaux qui embarrassent ses ailes empêchent de reprendre son vol.

« Cependant, comme cette réunion constitue l'humanité, en quoi consisterait la perfection la plus complète qui puisse tomber sous nos sens, si ce n'est dans une entière et continuelle harmonie de ces deux natures? — C'est cette perfection qui, malgré la difficulté qu'elle me présente, doit être le but constant de mes efforts, et qui doit occuper tous les moyens qui sont en mon pouvoir.

« Mais si cette harmonie peut s'opérer, ce n'est sûrement que lorsque l'ame dominera les sens, et non lorsque les sens l'emporteront sur l'ame. N'est-il pas naturel que ceux qui ont de bons yeux conduisent les aveugles, et que les fous obéissent aux gens raisonnables? Cette subordination est d'autant plus juste, que les sens ne courent aucun risque à se laisser dominer par la raison, et que les prétentions de la dernière ne devraient pas faire naître entre eux la moindre mésintelligence; car la raison connaît trop bien ce qui est avantageux à chaque individu, pour refuser aux sens ce que la nature impose comme une condition nécessaire de sa conservation et de son bien-être. La partie animale, au contraire, ne connaît pas les nobles besoins

de l'esprit, peu lui importe si ses efforts
et son inquiétude pour satisfaire ses desirs s'accordent avec la noble destination
de l'ame ; et elle est si peu disposée à
laisser mettre un frein à ses demandes
intéressées, qu'elle se révolte à chaque
contradiction, et qu'elle profite du sommeil de la raison pour s'emparer d'un
pouvoir dont la ruine de l'économie in-
térieure est la conséquence.

« Telle est malheureusement la condition de la presque totalité des hommes ;
et, comme non seulement la corruption
des mœurs, mais encore la plus grande
partie des maux qui pèsent sur l'humanité sont les suites nécessaires de l'empire des sens sur la partie spirituelle de
notre individu, et du honteux accord
auquel la raison se prête lorsque la voix
dangereuse des passions a pénétré dans
notre ame, il en résulte qu'un combat
continuel de la raison avec la volupté,
ou, en d'autres termes, de l'homme spirituel avec l'homme sensuel, est le seul

moyen de prévenir notre perte, et d'é-
loigner des maux de toute espèce ; il en
résulte que cette guerre civile doit durer
jusqu'à ce que la partie faite pour obéir
à l'autre reconnaisse la nécessité de se
soumettre à la raison, condition à laquelle le moi animal, qui n'a jamais pour
but que sa propre satisfaction, consentira
difficilement, à moins que mon ame n'u-
nisse ses forces et son énergie pour maintenir la balance en sa faveur.

« Si (comme j'en suis intimement
convaincu) la vérité réside dans ces principes, alors l'affaire la plus importante
et la plus pressante pour moi est d'apprendre à me servir de toutes les ressources et de tous les moyens que la
nature m'a donnés pour arriver à ce but.
Je commence à comprendre pourquoi
l'Apollon de Delphes, l'organe de cette
haute sagesse qui parle à tous les hommes, leur donne ce conseil salutaire :
Apprends à te connaître. Car la
première cause de tous nos maux ne ré-

side-t-elle pas dans l'ignorance de la dignité de notre nature, de l'élévation infinie de la partie invisible de nous-mêmes sur la partie matérielle, et de la vigueur inépuisable de notre esprit, qui méconnaît des forces dont il ne fait point usage?

« Pour cet effet, je négligeai les recherches qui reposent sur des hypothèses, faute de principes solides qui puissent servir de base à la raison. Sans m'arrêter aux raisonnemens que Platon fait à ce sujet, il me parut incontestable que c'est l'ignorance de sa nature et de sa dignité qui place l'homme dans un état surnaturel qui le force de servir ses sens, au lieu de régner sur eux ; mais, malgré cet état honteux, un sentiment confus de sa nature le presse malgré lui. Il est bien éloigné de se plaire dans l'esclavage. Les reproches qu'il se fait sur son indigne complaisance envers ses tyrans, dont il rougit de porter les chaînes, le trouble qui s'élève en lui, ses efforts continuels pour étourdir sa conscience, la variété des objets qui excitent ses desirs et ses passions, son éternel desir pour un bonheur inconnu qu'il espéré en vain d'obtenir au milieu de tous ces changemens, prouvent évidemment que ces jouissances sont peu satisfaisantes, et qu'il n'est de félicité pour lui que lorsque la source qu'il porte dans son sein, et qui renferme le bonheur, lui sera connue.

« Que je suis heureux, me disais-je en faisant ces observations, que mon éducation, mon caractère, et un concours de circonstances favorables, m'aient préservé du danger de faire sur moi ces malheureuses expériences! Que je suis heureux que la nature ne m'ait pas donné de penchant à la volupté, à l'égoïsme! qu'elle ait placé dans mon ame l'amour de la vérité, et le desir de mériter l'approbation du juge qui préside! Mais puis-je me flatter que l'empire de la raison soit assez solidement établi dans mon cœur, pour qu'il ne soit pas nécessaire de surveiller l'ennemi qui s'y cache peut-être, et qui épie un moment favorable pour me surprendre, et pour me faire repentir de mon imprudente confiance? A peine suis-je au commencement de ma carrière, — ma naissance, mon éducation, et l'attente de mes concitoyens, m'appellent à l'administration des affaires publiques. Je serai exposé à bien des épreuves. — J'aurai peut-être de terribles combats à soutenir avec un adversaire qui m'est inconnu ; bien sûrement avec les passions, les vices et les erreurs des hommes qui auront des rapports avec moi, et que je rencontrerai dans le cours de ma vie politique. — Sans parler d'ennemis plus dangereux encore, tels que l'esprit du monde, la contagion imperceptible de l'exemple, l'empire de la mode, les préjugés et les habitudes. Si je venais à tomber sur un sentier aussi glissant? Puis-je espérer de ne pas perdre de vue l'attention nécessaire pour veiller sur moi-même au milieu de tant d'affaires, de soins et de dissipations? Le

bruit de tant de voix ne m'empêchera-
t-il pas d'entendre les douces exhortations
de mon bon génie ? — Il est si difficile
de s'élever, si facile de descendre ! et,
dans la carrière que je suis résolu de
parcourir, c'est reculer que de rester en
place. Ah ! sans doute, Archytas, tu as
besoin d'une auxiliaire qui assure pour
toujours la prépondérance à ta volonté;
il te faut un plan de vie, un système de
sagesse, qui reposent sur des bases qu'aucune force interne ou externe ne puisse
ébranler.

« Mais, pourquoi chercher ce que tu
possèdes déjà ! Pourquoi s'obstiner à trouver la sagesse dans les rêveries de ces
prétendus philosophes, dans l'école de ces
verbeux sophistes, qui abusent de la faculté de penser pour en faire une espèce
de gymnastique; et qui n'ont pas honte
de combattre avec autant d'agilité que
de succès, tantôt pour les idées de Par-
ménide, et tantôt pour les atomes de
Leucippe ! Comment espérer qu'ils te

donneront une connaissance plus parfaite de ton ame, un guide plus sûr pour
te diriger, un but plus noble, plus d'en-
couragement et de force, des principes
plus solides enfin, que cette croyance
sublime dans laquelle tu fus élevé? Elle
m'enseigne que la raison dissipe les ombres lespl us épaisses, lorsqu'elle n'est pas
obscurcie par les passions; qu'elle se sert
des sens extérieurs pour pénétrer dans
notre ame, qu'elle découvre avec exactitude l'enchaînement des causes et des
effets, des moyens avec le but. Elle me
montre la simplicité la plus sublime dans
les variétés innombrables de la nature,
l'harmonie la plus touchante dans l'éternel
combat et dans la composition des élémens, la plus grande uniformité dans le
changement continuel, un ordre admirable dans la confusion apparente des
choses, et un accord parfait dans cet ensemble majestueux dont toutes les parties concourent au même but. Elle m'apprend que cet immense univers n'est pas

l'ouvrage d'un aveugle hasard, et que ses
ressorts n'agissent pas par un effet purement mécanique; mais qu'il porte l'em-
preinte d'une sagesse infinie, d'une force
éternellement spirituelle, qui imprime
le mouvement et la vie à tous les êtres;
que c'est un seul état, indivisible, gouverné par la même loi, dont tous les sujets sont des êtres raisonnables, dont le
législateur et le gouvernement sont la justice et la sagesse même, et dont les principes immuables marchent avec un accord et des efforts communs vers la perfection.

« Plus je m'efforçais de me pénétrer de
ces grandes, de ces consolantes idées,
plus j'étais convaincu qu'elles attiraient à
elles toutes les facultés de mon ame; qu'elles satisfaisaient tous mes penchans réels;
que tous mes efforts ne pourraient rien
imaginer de plus majestueux, de meilleur, de plus parfait; et qu'elles deve-
naient, par cela même, la preuve la plus
incontestable de sa vérité.

« Lorsque la plus sublime de toutes les pensées eut pénétré mon ame de sa clarté céleste, je sentis que j'étais au-dessus des animaux ordinaires ; que mon essence était supérieure à ce qu'elle paraît en effet. Je sentis qu'une chaîne indissoluble m'unissait à tous les êtres ; et que l'activité de mon esprit, loin de sommeiller pour toujours dans la matière d'un corps terrestre, était réservée pour une destination plus brillante, pour une longue suite d'actions éclatantes; et que cette raison, qui me rend la plus noble des créatures visibles, devait la conduire à des découvertes toujours plus belles, à des applications plus étendues et plus salutaires.

« Dès lors, j'éprouvai que l'esprit *est mon véritable moi;* que sa félicité, son intérêt, son bien-être, sont les miens ; que c'est une folie de considérer comme une portion essentielle de soi-même, un corps qui nous confond avec les autres animaux, qui ne nous est donné que

comme un organe propre au développement des forces de notre ame , et de
traiter en égale la partie physique qui doit
lui obéir.

« Du moment où j'ai reconnu le rang
que j'occupe dans la création, et que je
sens la dignité d'une nature qui me destine aux jouissances les plus élevées , je
ne puis plus disposer de moi; je ne tiens
plus exclusivement à une famille , à une
association particulière, à une espèce unique, ni à cette terre que je nomme ma
patrie. J'appartiens au grand tout, où ma
place est marquée, où mon devoir est
tracé par le seul chef que je puisse reconnaître au-dessus de moi. Mais c'est uniquement parce que le poste qui m'est ir-
révocablement assigné sur cette terre ,
devenue ma patrie, m'approche de plus
près de mes concitoyens, de mes amis ,
de tous les hommes enfin , et qu'ils
doivent occuper plus immédiatement
mon activité, que je reconnais l'obligation de travailler avec zèle à leur bon-

heur, tant qu'il n'est pas contraire à mon
devoir. Car, à présent, la vérité, la justice, l'ordre, l'harmonie, et la perfection, exempts de vues intéressées, sont
les principaux objets de mon amour. Le
soin de recueillir et de répandre ces pures
émanations de la divinité doit être mon
dernier but, la règle de toutes mes actions, l'esprit de toutes les lois que je me
suis promis d'observer. Mon pays a droit
d'exiger de moi tout ce qui ne blesse pas
ce devoir sacré. Dès que son intérêt prétendu veut exiger une injustice, tous ses
droits sur moi deviennent nuls; et, si
mon refus doit m'attirer la perte de mes
biens, le bannissement, ou la mort; la
pauvreté, l'exil et la mort sont les meilleurs choix que je puisse faire.

« Enfin, Agathon, depuis que ces
grandes pensées se sont emparées de mon
cœur, depuis qu'elles sont devenues l'a-
me de toutes mes résolutions, de tous
mes penchans, de toutes mes actions,
j'ai vu disparaître les desirs, les passions,

les idées qui me séparaient du tout auquel j'appartiens, qui m'isolaient de mon
véritable avantage, et qui voulaient subordonner mon devoir à mon intérêt ou
à mes plaisirs. Maintenant l'exercice de
la vertu ne me paraît plus difficile. Il n'y
a point de sacrifices que je ne lui fasse,
point de souffrances et de privations que
je ne supporte pour elle. Je parais, comme tu le disais, au-dessus d'un mortel
ordinaire, quoique tout mon secret ne
consiste que dans la persuasion où je suis
de ma divine origine, de ma haute destinée, et du rapport immédiat qui m'unit
au monde invisible, et à l'esprit universel.
Les efforts que j'ai faits pour me rendre
ces idées claires et toujours présentes,
en ont fait un sentiment qu'une longue
habitude rend inébranlable. Cependant
je suis homme, et sujet à des faiblesses;
mais, lorsque le poids de l'humanité ar-
rête l'essor de mon ame, obscurcit mon
esprit, et amollit mes forces, j'ai recours
à mes principes protecteurs, et il semble

qu'un génie bienfaisant me réveille de son souffle divin. Il ranime le feu qui s'éteignait dans mon sein, il étend sur mon cœur sa chaleur vivifiante, et me rend les forces nécessaires pour résister au malheur, ou pour réussir dans mes entreprises.

« Il suffit d'exposer ce système pour en prouver la réalité. Il satisfait entièrement la raison, et je ne puis y renoncer sans renoncer à la raison elle-même. Il me conduit par un chemin sûr au but de la plus sublime morale, à cette jouissance de soi-même, la plus pure de toutes les jouissances que l'on puisse goûter ici bas. S'il était généralement suivi, il tarirait la source de nos maux, et réaliserait dans toute sa plénitude l'âge d'or des poètes. — Cette croyance porte avec elle le flambeau de la vérité, et nous pouvons défier hardiment tous ses adversaires d'en présenter un plus convenable à l'homme et à la raison. Considère ce que serait le monde, si cette croyance n'existait pas !

Que deviendrait l'humanité, si elle ne répandait toujours quelques-uns de ses rayons sur la législation, sur la religion, sur les mystères des sages, et s'ils ne s'empressaient de les distribuer aux hommes? A quel degré de perfection ne parviendraient-ils pas s'ils étaient toujours dirigés par ces principes, puisque tous les doutes, toutes les objections, l'incrédulité, l'égoïsme, la démoralisation, les sophismes de la dialectique, n'ont jamais pu détruire ces vérités consolantes, et font aussi peu d'effet sur celui qui en est convaincu, qu'un grain de poussière dans le côté opposé de la balance qu'occupe un poids énorme?

Je ne connais qu'une objection qui paraisse raisonnable au premier coup-d'œil : c'est que *cette croyance est trop élevée pour la multitude, trop parfaite pour la condition humaine.* Mais si la plupart des hommes vivent dans un état d'avilissement, qui serait assez injuste pour en attribuer la faute au destin?

3. 15

Notre devoir, mon cher Agathon, est de les éclairer sur leur véritable intérêt, et de répandre insensiblement parmi eux des principes qui doivent faire le charme et la consolation de leurs jours.

On a fait encore un reproche à notre croyance : *c'est que l'idée de la liaison de notre ame avec le monde invisible, et avec le système général des choses, peut occasionner une des plus dangereuses maladies de l'esprit humain, en donnant naissance au fanatisme religieux.* Cette objection n'est d'aucune importance. Il dépend entièrement de nous d'opposer la raison au penchant pour le merveilleux, de n'attribuer au jeu de l'imagination et au sentiment du moment que la valeur qu'ils méritent, et de ne regarder les images dont les anciens poëtes orientaux se sont servis pour personnifier leurs idées sur l'infini et sur l'avenir, que comme des images surnaturelles, et par conséquent chimériques : une grande partie de la philosophie d'Orphée, et les révélations que nous offrent les mystères, ont la même origine. Tous ces rêves de l'imagination sont nés, chez les Orientaux, dans le premier âge du monde. Il semble que ces peuples veuillent toujours rester enfans; mais nous, dont les forces s'augmentent tous les jours sous des zones tempérées, et sous l'influence d'une liberté raisonnable, nous, qui ne sommes point enchaînés par les hiéroglyphes, ni par une croyance prescrite, qui ne regardons les dogmes de l'antiquité que comme des fables, rien ne nous empêche d'approfondir continuellement nos idées, de rejeter tout ce qui ne tombe pas sous nos sens, tout ce qui est contraire à la raison, et inutile à la morale. Le fanatisme, qui se nourrit de fantômes et de sentimens spirituels, en s'enveloppant dans les ténèbres d'une vie oisive et solitaire, ne se contente sûrement pas de cette nourriture frugale. Son desir est de s'élever au-delà des limites naturelles. Il s'efforce de parvenir dans cette vie à un état qui nous attend peut-être dans une autre ; pour lui les songes deviennent des apparitions, les ombres sont des êtres, les desirs des jouissances. Habitué à la magie d'une lueur factice, l'éclat de la raison lui devient insupportable. Il s'enivre de pensées, de doux pressentimens qui l'éloignent du véritable but de la vie, arrêtent l'activité de son esprit, et livre le cœur du novice aux embûches qu'on tend à son innocence. Le remède le plus sûr de cette maladie de l'ame est l'exacte observation de ses devoirs civils et domestiques. C'est cette limite qui circonscrit la carrière que nous devons parcourir ici bas ; et c'est une erreur bien complète de croire que l'on puisse faire exception à cette règle générale.

La théosophie pure et simple de Pythagore, ses principes, uniquement fondés sur les besoins de notre ame, nous ouvrent incessamment la barrière. Loin de nous rendre inutiles dans ce monde, elle nous instruit, et nous exerce dans l'art de servir les hommes, et nous arme de cette force morales, qui non seulement nous fait surmonter tous les obstacles ; mais qui nous rend encore toutes les vertus faciles, ainsi que tous les sacrifices qu'exige notre devoir. Une longue expérience me donne le droit d'en parler avec confiance. Si, durant soixante ans d'une vie consacrée aux affaires et au service de ma patrie, d'une vie destinée à parcourir tous les emplois, et pendant laquelle j'ai été revêtu cinq fois de la magistrature suprême, je ne me suis jamais lassé de faire mon devoir, malgré les obstacles sans nombre que j'ai été obligé de combattre ; si j'ai supporté avec patience et modération les vicissitudes de la fortune et de la faveur populaire ; si enfin, comme je puis le dire avec satisfaction, l'amour et la confiance illimitée de mes concitoyens sont l'unique, mais précieuse récompense que j'aie retirée de mes travaux, ma conscience me dit que je n'y

serais pas parvenu, si je n'étais toujours
resté attaché à cette croyance qui m'allie
indissolublement à toute la création ; à
l'ordre sublime qui y préside, et à la divinité même.

Ici le vénérable vieillard s'arrêta pour
laisser reposer ses yeux sur le visage de son
jeune ami, qui témoignait, plus que des
mots éloquens n'auraient pu le faire, combien il approuvait les principes d'Archytas.

Agathon se trouvait alors dans l'âge
et dans toutes les dispositions convenables
pour sentir la vérité des préceptes de cette
philosophie pratique d'Orphée et de Pythagore. S'il lui restait des doutes, de
nouveaux entretiens avec Archytas satis-
firent sa raison autant qu'il est possible
de le desirer dans des choses de cette
nature. Car aussitôt que le cœur n'a plus
d'objections à faire contre des principes
qui nous imposent des devoirs si péni-
bles, et que les sacrifices qu'ils exigent sont
remplacés par l'avantage et les jouissances qu'on en retire, il est aussi facile à

un esprit sain de s'assurer de leur vérité,
qu'il lui serait impossible de n'y pas croire,
ou de se laisser induire en erreur par le
doute et par de vaines difficultés, en supposant même qu'il ne pût les écarter entièrement.

CHAPITRE III.

Fin de l'histoire d'Agathon.

Fortifiés par les conseils et par la
présence d'Archytas, Agathon et Chariclée convinrent de faire part à sa famille des aventures de la précédente Danaé, de sa liaison avec notre héros, et
de ce qui leur était arrivé depuis leur rencontre imprévue. Les personnes véritablement sages et vertueuses sont toujours
justes, et leur indulgence est plus grande
pour les faiblesses des autres, que pour
les leurs propres. L'amie d'Agathon ne
courait point le risque de perdre leur estime, et sa franchise ne pouvait qu'augmenter l'attachement que Psyché lui té-

moignait. On pense bien que l'on eut recours au voile des Graces dont il a été
fait mention dans l'histoire de Danaé.

. On donna des louanges à la généreuse
résolution de notre héros, et Psyché s'efforça de dédommager Chariclée, en re-
doublant ses caresses, et les témoignages
d'une amitié qu'elles s'étaient mutuellement inspirée. Chariclée résolut de fixer
sa demeure à Tarente. Unie à cette famille de sages, par les liens de la sympathie, on l'aurait prise pour une fille
d'Archytas. L'emploi le plus agréable
pour elle fut d'aider Psyché à élever
trois filles, sur lesquelles les Graces semblaient avoir répandu tous leurs dons.
Insensiblement elle s'habitua à les regarder comme les siennes. Ces enfans gran-
dirent avec l'idée qu'ils avaient deux
mères, et Psyché se plaisait à les entretenir dans une erreur qui semblait l'i-
dentifier avec son amie.

Agathon, fidèle au vœu qu'il avait fait
à Chariclée et à la vertu, se conduisit

avec tant de prudence, que personne (si l'on en excepte Archytas, et peut-être aussi Chariclée) ne s'apperçut combien il lui en coûtait pour imposer silence aux mouvemens de son cœur. Mais, au bout de quelque temps, il apprit qu'il avait promis plus qu'il ne pouvait tenir. Il est des momens où l'ame sent des forces surnaturelles, dont il est impossible de calculer la durée. L'absence seule pouvait le sauver ; mais comment songer à s'éloigner de Chariclée, de Psyché et de ses amis ! Cependant chaque jour rendait la fuite plus nécessaire, et lorsqu'elle fut indispensable, il fallut prendre son parti. Archytas approuva sa résolution, et ses sœurs, car c'est ainsi qu'il appelait Psyché et Chariclée, l'aimaient avec trop de tendresse pour ne pas adoucir, par tous les moyens qui étaient en leur pouvoir, une resolution dont elles connaissaient le motif.

Agathon, accompagné d'un naturaliste et d'un de ses amis, sorti de l'école de Py-

thagore, parcourut tous les pays où la
langue grecque était connue. La nature
et l'homme, l'être le plus curieux et le
plus intéressant de la nature, devinrent
les principaux objets de ses recherches
et de ses obervations.

Il avait encore quelques préjugés,
lorsqu'il partit; il n'en rapporta point à
son retour.

Simple spectateur de la scène du monde,
il fut à même de juger de l'action aussi
bien que des acteurs.

Ses observations achevèrent ce que
l'habitude de vivre avec le sage Archytas
et sa propre expérience avaient commencé. Elles lui apprirent que les hommes
ressemblaient bien mieux au portrait
qu'Hippias faisait d'eux, qu'au modèle
que leur offrait Archytas.

Il reconnut qu'ils n'étaient pas aussi
bons qu'ils pourraient l'être s'ils avaient
plus de sagesse; mais il sentit qu'ils ne
pourraient devenir meilleurs que lorsqu'ils seraient plus sages, et qu'ils n'y

parviendraient que lorque les auteurs
de leurs jours, ceux qui sont chargés de l'éducation ou des emplois publics, les ministres du culte, les fonc-
tionnaires de toutes les classes, depuis
le maître d'école jusqu'aux gouvernans,
auraient acquis l'instruction et la sagesse
nécessaires, selon leurs rapports et leur
influence, pour être véritablement utiles
à la société. Il vit ainsi qu'une morale
pure, une religion simple et consolante,
étaient les seuls moyens de perfectionner l'humanité, le seul espoir d'un meilleur avenir. Cependant il rencontra des
individus, des peuples entiers qui vivaient
sans morale et sans religion, et ces hommes lui parurent les plus dangereux de
la terre; mais il vit aussi que la piété rendait les hommes bons encore meilleurs.

Chez tous les peuples qu'il visita, la
législation, le gouvernement, la police,
lui parurent remplis de vices et d'abus;
mais quelque imparfaites que fussent les
lois, les gouvernemens et la police, il

sentit que les hommes seraient plus malheureux s'ils n'en avaient pas.

Par-tout il entendit se plaindre des
abus; il vit que chacun voulait réformer
le monde; qu'une foule de gens faisaient
sans cesse des projets pour assurer la félicité publique, mais que personne ne
voulait commencer à donner l'exemple
de cette régénération qu'on prêchait
sans cesse : et il en conclut que personne
ne voulait être meilleur.

Les hommes lui parurent dominés
par deux passions entièrement opposées:
l'amour de l'égalité, et le desir de dominer les autres. Cette observation l'entretint dans la pensée que tous les changemens multipliés de gouvernemens, ne
produiraient point le bonheur que tout le
monde poursuit, tant que les peuples pas-
seraient sans cesse du despotisme à l'a-
ristocratie, de l'aristocratie à la tyrannie
populaire, pour retourner ensuite au despotisme; et qu'ils seraient condamnés à
parcourir ce cercle éternel de révolutions

jusqu'à ce que des lois praticables, fondées sur une morale pure, sur une religion raisonnable, serviraient de bases
à leur éducation, dirigeraient leurs passions, et mettraient un frein à leurs désordres.

Il trouva que les arts entraînaient le
luxe à leur suite ; le luxe, la corruption
des mœurs, et les mœurs corrompues, la
ruine des états ; mais il vit aussi que les
arts, dirigés par la véritable philosophie,
développaient les hommes, ennoblissaient
et embellissaient leur existence ; que la
civilisation formait la moitié de la vie, et
que, sans elle, les hommes seraient les
plus malheureux de tous les êtres.

Il vit se confondre insensiblement,
dans l'économie de la nature, les limites
du vrai et du faux, du bien et du mal,
du juste et de l'injuste. Plus il se pénétra
de ces vérités, plus il se persuada de la
nécessité des lois positives, plus il pensa
qu'il était du devoir d'un honnête homme
de s'en rapporter à ces lois, plus encore

qu'à son propre sentiment. Il se convainquit que l'homme (qui tient physique-
ment de la bête, et, par son esprit, de la
divinité) est aussi incapable d'être purement spirituel que purement animal ;
mais qu'il vit conformément à sa destination lorsqu'il s'élève ; que chaque degré de perfection auquel il parvient augmente sa félicité ; que la sagesse et la vertu
sont toujours la mesure du bonheur public
et privé ; et que cette seule vérité d'expérience, qu'aucun Pyrrhonien ne peut affaiblir, suffit pour détruire les sophismes,
les conclusions d'un Hippias, et affermit
à jamais le consolant systême d'Archytas.

Tels furent les fruits qu'Agathon rapporta de ses observations, de ses études
et de son expérience, à la suite d'un long
voyage dans la plus grande partie de l'ancien monde policé.

Il eut le plaisir de retrouver Archytas et tous ses amis dans l'heureux état
où il les avait laissés. Son retour fut cé-
lébré comme la fête de l'Amitié. Toute

la ville de Tarente y prit part. Rien ne troubla le bonheur de ses amis ; ils remarquèrent qu'Agathon ne faisait plus de différence entre Chariclée et Psyché ; qu'il semblait avoir oublié Danaé, et la manière dont elle l'avait aimé autrefois. Il se fixa pour toujours à Tarente. Les Tarentins lui donnèrent le droit de cité. Il mérita le bonheur de vivre dans le sein de la paix et de l'amitié, entouré d'hommes bons, dignes de l'avoir pour concitoyen.

Convaincu, par son expérience et par ses remarques, *que l'on brille davantage sur un grand théâtre, mais qu'on peut faire plus de bien sur un petit,* il se consacra avec zèle aux affaires et aux intérêts de ce petit état et tant qu'Agathon et Critolaüs vécurent, les Tarentins ne s'apperçurent pas qu'Archytas n'existait plus.

FIN.

TABLE

DES MATIÈRES

DU IIIᵉ VOLUME.

LIVRE DOUZIÈME.

Administration d'Agathon. Ses fautes contre la politique, contre les usages reçus dans le monde et à la cour. Sa disgrace.

CHAP. Iᵉʳ Conduite d'Agathon à la cour de Denys.   Page   1

CHAP. II. Renseignemens secrets sur Philistus. Agathon s'attire l'inimitié de Timocrate en rendant un service important à Denys et à la Sicile.   12

CHAP. III. Où l'on prouve que tout ce qui reluit n'est pas or.   22

CHAP. IV. Cléonisse.   32,

CHAP. V. Une comédie de cour.   42

CHAP. VI. Faute d'Agathon contre la politique. Suites de cette faute.   48

CHAP. VII. Entretien remarquable entre Agathon et Aristippe. Résolution du premier, avec les motifs pour ou contre. Page 58

CHAP. VIII. Agathon conspire contre Denys. Il est arrêté. 73

CHAP. IX. État présent du cœur de notre héros. 79

CHAP. X. Agathon reçoit une visite à laquelle il ne s'attendait pas ; il est mis à de nouvelles épreuves. 87

CHAP. XI. Justification d'Agathon. Sa déclaration sur la proposition d'Hippias. 106

CHAP. XII. Agathon est remis en liberté. Il abandonne la Sicile. 121

LIVRE XII.

Agathon va à Tarente. Il est reçu dans la famille d'Archytas, et retrouve deux personnes qui lui sont chères.

CHAP. Ier Archytas et les Tarentins. Caractère d'un homme d'état. Page 129

CHAP. II. Une découverte imprévue. 142

CHAP. III. Aventures de Psyché. Page 155

CHAP. IV. Agathon s'égare à la chasse. Aventure extraordinaire qui lui arrive dans un vieux château.　　　162

CHAP. V. Étude pour les peintres du cœur.　　　173

CHAP. VI. Préparation à l'histoire de Danaé.　　　182

LIVRE XIV.

Histoire secrète de Danaé.

CHAP. Ier Commencement de l'histoire de Danaé.　　　Page 191

CHAP. II. Première jeunesse de Danaé jusqu'à sa connaisssance avec Alcibiade.　　　196

CHAP. III. Alcibiade procure à Danaé la connaissance d'Aspasie.　　　213

CHAP. IV. Aspasie instruit Danaé du caractère d'Alcibiade. Éducation de Danaé dans la maison de la veuve de Périclès.　　　221

CHAP. V. Projets d'Alcibiade sur Danaé. Il augmente lui-même

les difficultés, et il est pris à ses propres
piéges. Page 231

CHAP. VI. Nouvelle ruse d'Alci-
cibiade. Preuve de la philosophie d'Aspasie. 243

LIVRE XV.

Suite de l'histoire secrète de Danaé.

CHAP. Ier Mort d'Aspasie. Premier égare-
ment de la belle Danaé. Page 263
CHAP. II. Danaé et Cyrus. 276
CHAP. III. Danaé à Smirne. Fin
de son histoire. Belle victoire
qu'elle remporte sur Agathon. 290

LIVRE XVI.

Conclusion.

CHAP. Ier Agathon prend la résolution de
de se confier entièrement à Archytas.
Page 306
CHAP. II. Exposition des principes et de la sagesse d'Archytas. 311
CHAP. III. Fin de l'histoire d'A-
thon. 343

FIN DE LA TABLE DU IIIe VOLUME.

www.ingramcontent.com/pod-product-compliance
Lightning Source LLC
Chambersburg PA
CBHW070322030726
47505CB00004B/1064